나를 닮은 새 한 마리

나를 닮은 새 한 마리

유문자 수필집

도서출판 북인

책을 펴내며

다시 한 권으로 엮는 '내가 걸어온 삶의 궤적'

환갑還甲 진갑進甲 다 넘어서 뒤늦게 글밭에 발을 디뎠다. 새로운 세상을 만나면서 삶의 질이 달라졌다. 오랫동안 새집에 갇혔던 새처럼 처음에는 낯이 많이 설었다. 남의 글을 읽고 나의 글을 쓰면서 대상을 바라보는 시야가 넓어짐을 느꼈다. 나와 내 가족뿐만 아닌, 다른 사람을 이해하려는 마음이 나한테도 존재한다는 것을 알았다. 글은 그 외에도 나에게 많은 영향을 주었다.

칠순을 앞두고 등단했지만 3년쯤 지나서 나는 펜을 놓아야 했다. 여러 가지 이유를 대곤 했는데 훗날 생각해보니 그것은 나의 게으름 때문이었다. 8년 만에 다시 펜을 잡으면서 책 한 권을 꼭 내고 싶었다. 글 쓰는 일이 힘들 때가 많았지만, 목표를 향해 나아간다는 일이 즐거웠다. 글이 한 편 두 편 완성될 때마다 성취감으로 뿌듯했다.

2019년 10월 팔순을 맞아 첫 수필집 『장미가 쏟아지는 밤』이 세상에 빛을 보았다. 소식 없이 지내던 옛 친구와 지인에게 책을 보내면서 소통의 기회가 되었다. 한 라디오 방송에서 진행자인 가수 김창완 씨가 내 글 한 편을 읽어줬던 일은 잊을 수가 없다. 기쁘면서도 글을 더 잘 써야겠다고 다짐했다.

4년 만에 두 번째 수필집 『나를 닮은 새 한 마리』를 펴낸다. 두 번째 책을 낼 줄은 나도 몰랐는데, 한 편 한 편 쓰다보니 엮을 때가 되었다. 남들은 책 한 권 냈으면 됐지 특별한 글도 아니면서 뭐하러 또 책을 내느냐고 걱정하는데 나는 그들의 걱정이 이해되기도 하면서 한편으로는 이 글들이 내가 걸어온 삶의 궤적이므로 여기저기 흩어져 있게 놔두고 싶지 않았다.

나로선 최선을 다한 글이다. 읽는 분들도 나와 대화하듯 편하게 읽어줬으면 한다. 살아가는 일은 누구나 비슷하지만 그 비슷한 사람이 어떤 특별한 이야깃거리가 있어 책으로 엮었는지 함께 공감해준다면 더 바랄 게 없겠다.

가끔 아들과 사위가 웃으면서 '유 작가님!' 하고 부를 때가 있다. 나는 아직도 작가라는 말이 내 것 같지가 않아서 멋쩍고 쑥스럽다.

글 쓰는 엄마를 응원하고 챙겨주는 아들과 며느리, 자상하고 든든한 사위와 딸, 반듯하고 건강하게 잘 자라서 사회초년생이 된 네 명의 손주들. 모두에게 고마움을 전한다. 나 혼자서는 할 수 없는 일이었으므로.

잦은 만남은 없어도 나를 격려해주는 죽마고우들이 있어 든든하다. 변함없는 마음으로 나와 함께 해주는 문우들에게 고마움 전하며 첫 수필집에 이어 좋은 책 만들어준 도서출판 북인에도 감사드린다.

나에게 빛나는 하루하루를 살게 해주신 주님께 감사하며, 앞으로도 건강하고 내실 있는 삶이 되기를 기도한다.

2023년 시월에

유문자

차례

제4장 늙음은 도둑고양이처럼

제5장 혼자 산다는 것에 대하여

제1장
뭉클한 순간

도장

통장을 들여다본다. 겉장을 넘기니 선명하게 찍힌 도장 위에 셀로판지가 덮여 있다. 그런데 통장에 찍힌 도장은 가장자리 테두리가 거의 닳아 없어지고 한쪽에 좁쌀만큼만 남아 있다. 도장이 언제 이렇게 닳았을까? 그러고 보니 도장과 함께 한 세월이 만만치 않다.

사십여 년 전 초여름이었다. 아침부터 내리기 시작한 비는 3교시 수업이 끝나갈 무렵에서야 그쳤다. 비가 그친 하늘에 눈부신 햇살이 번져나갔다. 아이들을 하교시키고 조용한 교실에서 차 한 잔 마시던 중이었다. 노크 소리와 함께 교실 문이 열렸다. 복도에는 삼십대 정도의 예쁘장한 여자와 오십대 후반의 중후한 남자 그리고 배시시 웃고 있는 우리 반 학생 선미가 서 있었다. 선미는 자신의 부모님이라고 나에게 두 분을 소개했다. 나와 인사를 마친 선미 아버지는 손수 만든 거라면서 도장 하나를 주머니에서 꺼내 나에게 주었다.

값이 비싼 옥도, 수정도 아닌, 그렇다고 나무나 플라스틱 같은 막 도장도 아니었다. 어떤 소재인지는 모르겠지만, 길이가 5센티쯤 되는 검정색 예쁜 도장이었다. 나는 그 도장이 마음에 들었다. 나처럼 자그마한 것이 퍽 앙증맞았다. 도장 뚜껑을 열자 해서체楷書體로 새겨진 글씨에 나름의 멋이 묻어났다. 그분은 외동딸의 선생인 나의 이름 석 자字를 붓 끝에 모아쓰고 정성껏 양각했을 것이다. 도장에서 좋은 기운이 전해졌다. 새끼손가락만 한 도장은 왠지 나에게 끝없는 행운을 가져다줄 것만 같았다. 무엇 하나 풍족하지 않았던 시절, 그래도 선생님을 대하는 학부모들의 마음만큼은 따뜻했다.

도장은 그날부터 나의 마스코트가 되었다. 내 가방에는 늘 그 도장이 들어 있었다. 출근하면 출근부에 도장을 찍었고 교실로 가서는 나와 하루 일과를 함께했다. 도장은 필요한 곳에서 성실하게 자신의 임무를 다했다. 당직일지와 기안문서에 날인을 하고 학생 성적통지표에도, 봉급을 탈 때도 필요했다. 은행에 가서도 도장은 필수였다. 오십 중반에 명예퇴직할 때까지 그 도장은 나와 20여 년을 같이했다.

퇴직 후 도장은 거실장 서랍 속에 있었다. 그런데 몇 해 전, 인감증명서가 필요해서 동사무소에 간 적이 있었다. 담당자는 비치된 장부를 펼쳐 인감을 본 후, 내 도장에 인주를 묻혀 백지에 찍고는 장부의 인감과 대조해보았다. 그러더니 도장이 닳아 더는 인감으로 사용할 수 없다며 바꾸어야 한다고 했다. 도장이 닳을 거라는 생각을 전혀 해보지 못했기에 당황스러웠다. 그날 나는 인감도장을 바꿔야 했다.

인감도장으로는 용도를 다했지만 나는 내 삶을 함께한 도장이 오랜 친구 같아서 함부로 할 수 없었다. 가끔 은행통장이나 부동산 계약서를 쓸 때 도장은 당당하게 제 역할을 해낸다. 앞으로 얼마를 더 쓸 수 있을지 모르겠지만 가능하다면 앞으로도 함께하고 싶다.

요즘 들어 허리도 아프고 몸이 전같지 않다. 건강은 자신했는데, 세월에 장사 없다고, 나도 모르게 늙어가는 중인가보다. 마모된 도장을 보며 지나온 나를 만나는 것만 같아 자꾸 들여다보게 된다. 아이들이 어떻게 자라는지, 좌우 뒤를 살필 새도 없이 무작정 앞만 보고 달리기만 했는데, 나도 모르는 사이에 가장이 되어 있었다. 회한에 젖을 때면 아쉬움도 많지만 욕심을 내려놓으니 그런대로 잘 살았다는 생각이 들면서 스스로도 대견하다.

도장도 나도 힘든 긴 시간을 잘 견뎌왔다. 테두리가 닳았고 역할도 줄어든 도장이지만 새 도장이 갖지 못하는 삶의 희로애락이 담겨 있기에 소중하다.

도장을 쓰다듬는다. 어쩐지 내가 내 머리를 쓰다듬는 것만 같다. 내 생이 다 할 때까지 함께할 나의 마스코트, 그에게 경의를 표한다.

가을 이야기

처서處暑가 지나면서 아침저녁으로 서늘한 바람이 분다. 날마다 푹푹 찌기만 하더니 이제야 지낼 만해졌다. 쉽게 물러날 것 같지 않던 찜통더위였다. 절기에 따른 공기의 변화가 신기하다. 해마다 반복되는 일이건만 이런 변화는 늘 나를 새롭게 한다.

올여름 매미 소리는 유난히 크고 요란했다. 가까이 감나무와 느티나무가 있어 쉴 새 없이 울어대는 통에 귀가 다 얼얼했다. 매미가 밤낮없이 우는 이유 중 하나로 지구온난화를 꼽는다. 밤에도 기온이 높고 빛과 공해까지 심해 밤을 낮으로 착각한다는 것이다.

매미는 대략 7년 이상 땅속에 애벌레로 있다가 세상 밖에서 보내는 시간은 고작 일주일 정도이다. 매미 울음소리는 짧은 이생에서 수컷이 암컷에게 보내는 세레나데로, 소리가 클수록 짝짓기 성공률이 높다고 한다. 목숨을 건 절규로 들린다.

집을 짓지 않고 나무에 살면서 깨끗한 수액만 먹고 사는 매미를 옛 선비들은 '오덕五德'을 갖췄다 하며 존중했다. 지갑에서 꺼낸 만 원짜리 지폐를 보며 익선관翼善冠을 쓰고 있는 세종대왕의 초상에 눈을 둔다. 익선관 뒷부분에 있는 매미 날개 문양은 매미를 존중한 그 시대 선비들의 정신이었다.

한동안 너무 더워서 베란다 문을 열어놓았다. 이른 새벽 방충망에 찰싹 붙어서 울어대는 녀석이 있었다. 같은 놈인지 알 수 없지만 아침마다 알람 소리처럼 새벽잠을 깨웠는데 며칠 전부터 이 녀석이 나타나지 않았다. 시도 때도 없이 시끄럽게 울어대던 악동들의 울음소리도 일 년 후에나 들을 수 있겠다.

팔월의 끝날, 탁상달력을 넘긴다. 팔월에는 며칠 간격으로 입추立秋와 말복末伏, 처서處暑가 있고, 칠석七夕과 백중伯仲 날이 있다. 이른 아침부터 온종일 비가 내렸다. 여름과 함께 떠나가는 팔월의 인사였나, 줄기차게 내리던 비는 밤새도록 이어졌다. 시나브로 가을이 오고 있었다.

지난 봄 꽃집에서 고추모 세 개를 사다가 베란다 화분에 심었다. 하루가 다르게 잘 자라며 앙증맞은 꽃을 피우는가 싶었는데, 잎 뒤에 도돌도돌 진딧물이 붙고 시들기 시작했다. 식초물을 뿌리고 열심히 물을 주었지만 소생 가망은 보이지 않았다. 뽑아버릴까 하다가 아파트 화단 한쪽에 화분을 내려다놓았다.

혹시나 하는 마음에 오며가며 시든 고추나무에 물을 흠씬 주곤 했다. 그날 아침에도 물을 주는데 마른 가지에 눈금처럼 연초록 잎이 하나둘 돋아났다. 잘못 보았나 싶어 바짝 들여다보니 새잎이 맞았다.

고추나무는 언제 그랬냐는 듯이 쑥쑥 자랐다. 벋어난 가지에는 물이 오르면서 잎이 무성하게 달렸다. 가지 끝 말려들었던 잎들은 어느새 모조리 떨어져나갔다. 파란 잎들 속에 드문드문 하얀 꽃들이 피어나고, 꽃이 진 자리에 맺힌 고추는 하루가 다르게 쑥쑥 자랐다. 검지 손가락만 한 고추 한 개를 따서 된장찌개에 넣어볼까 했지만 차마 그러지 못했다. 진딧물이 꼈다고 바로 화단에 내놨던 생각이 나 미안했기 때문이다. 경비아저씨들이 화단 제초 작업하던 날, 서둘러 고추화분을 집에 들여다놓았다.

고추 한 개가 빨갛게 익었다. 마치 꽃이 핀 것처럼 물이 들었다. 고추나무에는 모양이 제각각인 크고 작은 고추들이 앞다퉈 붉어지는 중이었다. 하마터면 못 볼 뻔했던 '꽃고추'들이 예쁘게 피어나 나를 감동시켰다. 나는 그것들을 적당한 시기에 하나씩 둘씩 따서 작은 바구니에 담아 햇볕에 말렸다. 남아 있는 고추들도 서서히 색들이기에 집중했다. 아들이 좋아하는 열무김치 담글 생각에 흐뭇했다.

병들어 죽을 뻔한 고추나무에 고추가 맺혀서 붉어지는 것, 자연의 경이로움은 가늠하기가 어렵다. 그 어떤 열매가 이보다 훌륭할 수 있을까? 병이 깊이 든 어린 고추나무는 영문도 모른 채 바깥세상으로 내몰렸다. 어둠 속 휘몰아치는 광풍이 놀랍고 무서웠지만, 실낱같은 희망의 끈을 놓지 않았다. 참고 견디면 좋은 날도 온다는 것을 아무도 가르쳐주지 않았지만 고추나무는 작열하는 태양과 한여름 퍼붓는 비와 바람을 온몸이 휘어지는 고통과 마주하며 받아들였다. 내가 한 일은 병든 고추나무를 화분에서 뽑아내지 않은 것, 화분을 밖에 내놓고 물을 준 것뿐이었다.

고추나무를 보면서 생명의 귀함을 생각한다. 며칠의 번식을 위해 밤낮없이 울다가 생을 마감하는 매미는 어떤가. 자연의 섭리는 매번 나를 숙연하게 한다.

벌써 기쁨과 소망의 달 구월이다. 파란 하늘에는 두둥실 흰 구름이 떠 있고, 한낮에도 풀섶에서 '돌돌돌돌돌돌' 풀벌레 소리가 들려온다. 나는 문득 이 가을 앞에서 생명과 기다림에 대해 생각한다. 누군가에게 끊임없이 관심을 주고 응원을 보내며 진득하게 기다려준다면, 우리 사는 세상도 한번쯤 신나게 살아볼 만하지 않겠는가. 분명 따뜻한 세상이 될 거라는 생각에 이 가을, 마음이 편안해진다.

거울 앞에서

지난 설날에는 아들 집에서 보냈다. 딸 내외는 시댁에서 설 예배를 드리고 오후에 우리와 합류했다. 세배를 받고 음식을 먹으며 자연스럽게 덕담이 오갔다.

연휴가 끝나고 며칠 지나 딸한테서 전화가 왔다. 피부과에 예약했다며 병원 이름과 위치를 알려주었다. 딸은 내 얼굴에 난 검버섯이 신경쓰였던 모양이다. 나도 얼굴 가장자리에 포진한 검버섯이 가끔 거슬렸지만, 통증도 없고 급한 것도 아니어서 코로나백신 접종이 끝나면 병원에 가려던 참이었다.

의사는 검버섯은 노화와 자외선 노출로 생긴 피부의 얼룩이라며 평소에 선크림을 꼼꼼히 자주 발라주라고 했다. 간호사는 내 얼굴에 마취 연고를 바르고 30여 분이 지난 후 침대로 안내해 누우라고 했다. 자리에 눕자 의사가 기계를 작동했다. '드르르' 기계 소리와 함께 의사의 손놀림이 빨라졌다. 검버섯이 그렇게 많은 줄 몰랐다.

연필 끝처럼 뾰족한 잡티 제거 레이저는 내 얼굴 가장자리 윗부분부터 아래로 내려왔다. 나는 눈을 감고 긴장한 채 숨도 제대로 쉬지 못했다.

언제 끝났는지 모르게 시술이 끝났다. 거울 속 내 얼굴이 잔뜩 성나 있었다. 울긋불긋해진 얼굴은 마취가 풀리면서 욱신거렸다.

딱지가 떨어지고 며칠이 지났다. 어느 날 아침, 여느 때처럼 거울을 보았다. 살면서 제일 많이 본 내 얼굴, 거울 속 그녀의 얼굴이 뽀얘졌다. 잡티가 있고 없고의 차이인데도 달라도 너무 달랐다. 젊어졌다고 해야 하나, 예뻐졌다고 해야 하나. 이럴 줄 알았으면 진작 없앨 걸 그랬다.

흔히 검버섯을 '저승꽃'이라고 한다. 티브이에서 보았던 망자의 길잡이, 검은 옷에 검정 갓 쓰고 굳은 표정의 무서운 저승사자를 맞이하는 꽃이 내 얼굴에 피어 있었다니. 나도 모르게 어깨를 움츠리며 고개를 가로저었다.

20여 년 전에 읽었던 '거울 앞에 선 여자의 모습'이란 글이 생각났다. 10대에는 어깨를 쫙 펴고 20대에는 활짝 웃는다. 30대에는 미소 지으며 40대는 한발 물러서 보고 만족한다. 50대에는 거울을 닦고 60대에는 거울을 지나가고, 70대는 거울을 버리며 80대는 자기를 버린다. 그리고 90대는 스스로 거울이 된다는 내용이다. 세상이 많이 달라졌고 개인차도 있겠지만, 50대에 거울을 닦는다는 말은 어느 결에 생긴 얼굴의 잡티와 주름이 믿기지 않아 닦고 또 닦지만, 나를 자주 들여다보라는 말로도 해석되었다.

봄도 기분에 따라 느리게도 오고 빠르게도 오는가보다. 창문을 열면 봄바람이 얼굴과 손등을 살며시 스치고 지나간다. 뺨에 닿는 바람의 기운이 맑고 산뜻하다. 얼마 전부터는 나목들을 에워싼 불그무레한 봄기운을 만난다. 지난 겨울 혹독한 추위와 칼바람 속에서도 잘 견뎌준 놀이터 담장의 개나리와 소나무, 느티나무와 벚나무가 대견하다. 을씨년스럽고 메마르고 또 외로워 보이지만 겨울나무들의 가지가지에는 이미 봄날의 찬란한 꽃세계도 신록의 청신한 향연도 매달려 있다.

내일이면 물오름달 3월이다. 이어지는 4월은 나무에 물이 오르고 물오른 나무들이 잎을 돋우는 잎새달이다. 연둣빛 나뭇잎들은 때맞춰 푸르른 세상을 한껏 펼친다.

윤기나는 여린 나뭇잎은 봄내 여름내 태양의 양광을 흠뻑 빨아들이며 짙푸른 이파리가 된다. 나뭇잎에 저장된 양분은 잎과 줄기로 옮겨가고 일부는 체관을 통해 뿌리에 저장된다. 가을철 맑은 공기 속에서 나뭇잎이 나뭇가지에서 쉽게 떨어지도록 연결부위에 특별한 세포층인 이층離層, '떨켜'가 생겨난다. 그렇게 단풍잎은 나뭇가지와 헤어진다.

괴테는 "우리가 살고 있는 장소는 시간이다"라고 했다. 나무든 사람이든 모든 생명체는 '공간'보다 '시간' 속에서 삶의 내용이 채워지고 성숙한다는 뜻이리라.

●

바로 저 앞의 벚나무는 천 송이 만 송이의 화사한 꽃을 피우겠지만, 그것을 시샘이라도 하듯 바람이 세차게 불고 비가 내리면서 꽃은 아쉬움을 달고 져버린다. 나는 이 광경을 한두 번 본 것이 아니다. 화사한 꽃이든, 설화雪花든, 저승꽃이든…. 모든 꽃은 지게 마련이다. 꽃이 지는 것은 바람의 작용이 아니라 꽃의 기운이 다해서이다. 그러니 생명이 있는 것이 지는 일은 더 이상 이상한 일이 아니다.

거울 속 80대는 자기를 버린다고 했다. 그 말은 헛되고 헛된 모든 집착에서 벗어나 마음을 비운다는 뜻이리라.

지지지지知止止止, 그침을 알아 그칠 곳에서 그치다. 나는 이 말을 좋아하게 되었다.

뭉클한 순간

신문을 보다가 어느 시인이 기고한 「뭉클한 순간」을 읽으며 멈칫했다. 내용은 평범한데 제목이 오랫동안 내 가슴에 머물렀다. 벽에 걸어둔 오래된 액자를 보는 것처럼, 나는 그 제목에 집중했다. 나에게 말을 걸어오는 것 같은 작품 속 이야기는 조금씩 확장되어갔다. 그리고 어느 순간 감정이 북받쳐올랐다. 가슴이 꽉 차는 듯한 느낌이 들면서 가슴 뭉클했던 어느 날이 떠올랐다.

아침 외출 길이었다. 어린이집 가방을 멘 네댓 살쯤 된 사내아이와 마흔쯤으로 보이는 아이 아빠가 손을 잡고 내 앞을 걸어가고 있었다.

"아빠, 아빠는 어렸을 때 벌레 만져봤어요?"

"아니, 넌 만져봤어?"

"난 만져봤어요."

아이는 자랑스러운 듯 아빠를 올려다보았다. 순간, 나도 모르게 가슴이 꽉 차오르는 무언가가 느껴졌다. 내게도 우리 아이들과 저렇듯 예쁜 대화를 나눴던 적이 있었던가. 생활에 쫓겨 살다보니 그러지도 못했던 것 같다. 돌이켜보니 살면서 가장 행복했던 때는 엄마가 되었을 때다. 좋은 생각만 하고 좋은 말만 하며 무럭무럭 자라나는 아이들을 바라보면서 더 이상 바랄 게 없었다. 하지만 얼마 지나지 않아, 나의 삶은 전연 다른 방향으로 틀어져버렸고 예상치 못한 복병들로 고요할 틈이 없었다.

초등학교 3학년 딸아이는 직장생활하며 동동거리는 엄마에게 아쉬운 말 한마디 못하고 블라우스 소매에서 떨어진 단추를 스스로 달아 입었다. 바늘 한번 쥐어보지 못한 열 살짜리가 바늘에 손가락을 찔리면서 얼마나 아팠을까. 속 깊은 딸아이는 1학년짜리 동생과 상의하여 어른들한테 받은 세뱃돈과 용돈을 모아 연탄불에 밥하는 엄마를 위해 금성金星사의 노란 전기밥솥을 사왔다. 그때 나는 어떤 말도 못하고 두 아이를 가슴에 꼭 끌어안았다.

뭉클한 순간은 길섶에서도 만날 수 있다. 햇살이 따사로운 한나절, 보도블록 틈을 비집고 나온 샛노란 민들레꽃을 볼 때가 그렇고 뙤약볕 아래 제 몸보다 열 배 스무 배가 넘는 죽은 벌레를 떠메고 가는 개미들을 볼 때도 그렇다. 감이 불그레하게 익어갈 때 감나무 밑에서 단풍이 든 감잎 하나를 보았을 때도, 밤새 눈이 온 다음날 아침, 아기엄마가 아기를 안고 마당에 나와 "눈이야, 이게 눈이야" 하며 아기에게 첫눈을 보여주고는 손으로 만지게 할 때도 같은 마음이다.

때로는 시詩 한 편에서도 가슴이 먹먹할 때가 있다. 나는 장석주 시인의 '대추 한 알'이 익을 때 "저절로 붉어질 리 없다"는 그 한 줄에서 감동을 느낀다. 태풍과 천둥과 벼락과 번개가 몇 개씩 들어가야만 대추 한 알이 된다는 그 말은 세상의 어느 것 하나 그냥 만들어지지 않았다는 의미이기에 오래오래 거기 머무르게 된다. 우리네 삶의 질곡桎梏이 거기 그대로 담겨 있기 때문이다.

때로는 평소에는 아무렇지도 않던 어떤 말 한마디에 뭉클해지기도 한다. 나보다 네 살 많은 언니는 어려서부터 몸이 약한 엄마를 대신해 동생들을 챙겼다. 언니는 우리에게 '어서 와'라는 말을 자주 했다. 우리가 학교에서 돌아왔을 때나 밥상을 차려놓고 부를 때였다.

20여 년 전부터 큰길을 사이에 두고 우리는 15분 거리에서 살았다. 노년의 특별한 행운이라고 서로의 얼굴을 보며 웃었다. 주일이면 교회에서 같이 예배드리고 고궁과 극장, 남대문시장, 백화점 등을 함께 다녔다. 음식솜씨가 좋고 미식가인 언니는 별미를 곧잘 해서 나를 불렀다. 호박죽을 쑤고, 찰밥을 하고 또 사골을 고았다며 "어서 와"라고 했다. 외출했다가 대방역에 도착해 언니에게 전화하면 그때도 "어서 와"라는 말부터 꺼냈다. 언니와 마주 앉아 따끈한 저녁밥을 먹으며 나는 외롭지 않았다.

언젠가부터 목욕탕에서 내 등을 밀어주는 언니의 손길이 전같지 않고 힘이 없었다. 몸이 약해 병원에 자주 다니는 언니는 좀 우선하다 싶으면 일을 찾았다. 왜 힘들게 일을 만들어서 하느냐고 핀잔하면, 우두커니 앉아 있으면 뭐 하냐며 움직일 수 있다는 것은 살아 있다는 증거라고 힘없이 웃었다. 그랬던 언니도 지금은 가고 없다. 그렇게 빨리 가시려고 그랬나. 아픈 몸으로도 나만 보면 맛난 음식을 챙겨주기 바빴다.

"어서 와, 어서 와서 밥 먹어."

이제는 어디에서도 들을 수 없는 말. 새록새록 사무치는 그리운 삶의 시간들. 왜 좀 더 잘해 드리지 못했을까.

하루는 아들이 SNS에서 본 어느 노모의 유서가 뭉클했다면서 카톡으로 보내주었다. 암으로 1년간 투병하고 생을 등진 78세의 나씨가 자녀들에게 남긴 유서는 내 이야기라고 해도 좋을 말이었다.

자네들이 내 자식이었음이 고마웠네.

자네들이 나를 돌보아줌이 고마웠네.

자네들이 세상에 태어나 나를 어미라 불러주고

젖 물려 배부르면 나를 바라보는 눈길에 참 행복했다네.

(중략)

고맙다 사랑한다. 그리고 다음에 만나자.

모자간의 마음도, 자식을 향한 어미의 마음도, 어찜 이리도 같을 수 있을까.

오늘은 예산에 사는 사위가 마시는 건강음료 한 박스를 보내주었다. 어미 노릇도 제대로 못했는데 한결같은 자식들의 과분한 사랑에 가슴이 뭉클하다.

며칠 전부터 잠들기 전에도 아침에 잠에서 깨어나서도 눈을 감은 채 회한에 잠겨 있는 시간이 길어졌다. 그때는 왜 그랬을까. 한참을 그러다가 고개를 젓곤 한다. 되돌릴 수 없는, 이미 내 손가락 사이로 빠져나간 모래알일 뿐이다.

뭉클함을 느낄 수 있다는 것은 감성이 굳어 있지 않고 눈물과 배려와 연민이 남아 있다는 얘기다. 나이 들면서 행동반경이 좁아지고 있지만, 언제 또 무엇을 만나 뭉클해져 속울음을 울게 될지. 나는 지금 내가 살아 있음을 실감하고 있다.

행운의 여신은 살며시

대전사범학교 재경총동창회에 모처럼 참석했다. 주최회인 15회 후배가 식장 입구에서 경품권 한 장씩을 나눠주었다. 반쪽을 떼어 유리상자에 넣고 나머지 반쪽을 호주머니에 넣었다.

11회 팻말이 세워진 테이블에는 몇몇 낯익은 얼굴들이 이미 앉아 있었다. 오랜만에 만나는 반가운 얼굴들. 식은 오후 6시에 시작되었다. 식순에 따라 동창회장의 인사말과 은사님의 축사가 이어졌다. 사람은 어느 시점에서 같이 늙어가는지, 얼핏 봐도 누가 은사님인지 누가 제자인지 구분이 가지 않았다.

식사를 마치고 나니 경품권 추첨시간이 되었다. 책상 위에는 경품권이 들어 있는 유리상자가 놓여 있고 그 뒤쪽으로 포장된 상품들이 크기도 다양하게 수북이 쌓여 있었다.

진행자는 유리상자에 든 경품권을 손으로 휘휘 젓더니 그 중 한 장을 꺼내 해당 번호를 불렀다. 번호가 호명된 사람은 경품권을 들고 나가서 경품을 받아갔다. 하나같이 세상을 다 얻은 표정이었다. 내 번호는 좀처럼 불리지 않았다. 애당초 기대하지도 않았지만 시간이 지나면서 점점 약이 올랐다.

어렸을 때도 소풍 가면 보물찾기에서 한번도 보물을 찾은 적이 없었다. 소비자를 끌어모으기 위한 수단으로 동네 마트에서 경품행사를 할 때도 나는 참여하지 않았다. 저런 걸 누가 하나 했는데 한심하게도 번호가 불릴 때마다 쪽지를 확인하고 있었다.

수북이 쌓인 상품은 금방 바닥이 났다. 혹시나 했던 나의 기대는 바람 빠진 풍선처럼 쪼그라들었다. 은근히 화가 났다. 만나서 식사나 하고 지난 이야기나 주고받음 됐지 이런 걸 왜 하나 싶었다. 그나저나 이제 대상만 남았다. 이번엔 동창회장이 추첨해야 한다면서 거들먹거렸다. 그는 경품권을 꺼냈으면서 바로 펼치지도 않고 오랫동안 뜸을 들였다. 펼쳐서 번호를 확인하고도 바로 부르지도 않았다. 당장 달려나가 알밤이라도 한 대 먹이고 싶었다. 모두 나와 같았던지 야유가 쏟아졌다.

"O번!"

회장이 번호를 외쳤다. 그런데 장내는 조용했고 O번은 대답이 없었다. 두 번이나 불렀지만 어디에서도 대답이 들리지 않았다. 그는 다른 경품권을 꺼냈다. 이번에도 대답이 없었다. 장내가 술렁였다. 내 마음은 다시 기대감으로 꿈틀거리기 시작했다. 나는 버릴까 하다가 주머니에 집어넣었던 경품권을 꺼내 번호를 확인하고는 회장의 목소리에 귀 기울였다.

" 이제 다시 뽑겠습니다."

그는 먼저처럼 거들먹댔다. 유리상자를 두세 차례 젓는가 싶더니 경품권 한 장을 꺼내 다시 시간을 끌었다. 모두들 재미없다는 듯 소리를 질렀다.

"네, 네, 알았습니다. 잘 들으세요. 93번!"

"네? 네에~ 저요, 저요!!"

내 번호였다. 꿈인가 생시인가. 나는 믿기지 않아 더듬거리며 앞으로 달려나갔다. 부러운 시선을 한몸에 받았다. 박수 속에서 받은 경품은 작고 가벼웠다. 그때 15회 후배가 따라오며 한마디 해주었다.

"언니, 축하드려요. 이건 70만 원짜리 휴대용 필립스 인덕션에요. 어떻게 해야 이런 걸 받아요?"

나는 언제 그랬냐는 듯 여유를 부리며 빙긋이 웃었다.

친구의 권유로 참석했는데 생각지도 않은 큰 선물을 받았다. 집으로 오는 길이 겨울날씨답지 않게 포근했다. 인덕션은 가족이 모여 식사할 때마다 요긴하게 쓰고 있다.

육년 전, 아들이 다니는 회사에서 '효행사孝行事' 프로그램이 있었다. 운 좋게 50명 안에 뽑혔다. 부모님을 위한 효행사는 2박 3일간 이어졌다. 아침 8시 반, 종로1가 본사에서 출발하는 관광버스에 언니랑 나란히 앉았다. 첫 도착지인 온양민속촌은 조용하고 고풍스러웠다. 덕산에 있는 스파로 이동해서는 늦여름의 따가운 햇살을 받으며 물속에 몸을 담갔다.

다음 날 저녁식사가 끝난 후 회사 직원 한 분이 인사말에 이어 회사의 역사를 소개했다. 18년 동안 한 직장을 다니는 아들이 자랑스러웠나.

레크리에이션 시간이 되었다. 강사는 우리에게 쪽지 한 장씩 나눠주었다. 그가 안내하는 대로 쪽지에 자기 이름을 쓴 후 유리상자에 넣었다. 강사는 퀴즈 맞히기와 노래자랑을 재미있게 진행했다. 가족적인 분위기에 노부모님들이 나와서 흘러간 노래도 부르고 흥겹게 춤을 추었다. 백화점 상품권이 걸려 있었다. 경품 뽑는 시간이 되었고 레크리에이션 강사는 유리상자에 손을 넣어 쪽지를 뒤섞었다. 뽑힌 사람은 앞에 나가서 경품을 받았다. 박수를 여러 번 쳤지만 내 이름은 불리지 않았다. 대상만 남았을 때 이번엔 처음 인사말을 했던 회사 직원이 마이크를 잡았다. 그는 쪽지를 뒤적이다가 그중 하나를 꺼내 들었다.

"이름 끝 자가 '자'인 분 손들어보세요."

나를 포함한 여섯 명이 손을 들었다.

"이름 앞 자가 '유' 자字인 분 손들어보세요."

손을 든 사람은 나 혼자뿐이었다.

"대상은 유문자 씨입니다."

꿈만 같았다. 경품은 기름 없이 튀기는 조리 기구인 '에어프라이어'였다.

행운의 여신은 예고 없이 두 번이나 조용히 나에게로 왔다. 대기업 '효행사' 이벤트에서 50명에 뽑힌 것도 행운인데, 대상까지 받은 것은 크나큰 기쁨이었다. 오륙 년 간격으로 한번은 추첨번호로, 또 한번은 내 이름으로 대상에 당첨되었다. 이런 행운이 다시 왔으면 하는 바람은 욕심일까? 물으나마나 욕심 맞다. 남들은 한번도 어려운 행운을 나는 두 번이나 거머쥐지 않았나. 그래도 이런 행운은 은근히 기대를 하게 된다.

여느 때와 비슷한 어느 날 저녁

102동과 103동 사이에는 폭 2m쯤 되는 나무계단이 있다. 아파트 정문에서 25m쯤 떨어진 곳에서부터 시작된 계단 양쪽에는 하늘 향해 쭉 뻗은 메타세쿼이아와 수령이 꽤 됨직한 느티나무 몇 그루가 서 있다. 계단 왼편 102동 쪽에는 벤치 세 개가 ㄷ자로 자리했고, 서너 걸음 뒤로 또 다른 메타세쿼이아 사이에 벤치 두 개가 더 있다. 이곳은 우리 아파트 주민들이 쉼터로 이용하는 곳으로, 언제나 그늘져서 여름철이면 나도 자주 이용하곤 한다.

주민들은 외출했다 귀갓길에 벤치에 앉아 쉬기도 하고, 이웃 간에 만남의 장소로도 이용한다. 아파트 단지 안에는 시설을 잘해놓은 다른 쉼터도 있지만, 그곳은 여러 사람이 모여서 음식을 먹는 등 시끄러워서 피하게 된다. 반면에 이곳은 내가 사는 102동에서 가깝기도 하고 조용해서 종종 찾게 된다.

종일 집에 있기도 그래서 가방에 책 한 권 넣고 쉼터에 왔다. 오후 5시가 지나서인지 사람이 없다. 나는 메타세쿼이아 옆 구석진 벤치에 앉았다. 느티나무에 앉았던 까치 두 마리가 나의 기척에 놀라 날아갔다. 가방에서 꺼낸 종합문예지『인간과문학』여름호를 펼쳤다. 차례로 보는데 안면이 있는 수필가의 글「'야난'처럼」이 실려 반가웠다. 그중 한 문장이 나를 붙들었다.

"딸이 어제 딸을 낳았다."

오래 전, 우연히 이 작가의 어린 딸을 본 적이 있다. 그 예쁜 아이가 자라서 결혼을 하고 엄마가 됐다니, 하기야 나도 어느새 팔십 줄이 아니던가. 작가는 딸이 산고 끝에 아기를 낳자, 안타까움과 두려움과 충격이 해소된 안도감에서 눈물을 흘렸다고 했다. 나도 덩달아 우리 딸이 출산할 때 진통하던 모습, 신생아였던 외손자와의 첫 만남 장면이 떠올랐다. 이어서 작가는『세상의 모든 딸들』(엘리자베스 마셜 토마스)을 소개했다.

후기 구석기시대 시베리아지역에 살았던 여자 주인공 '야난'을 통해 여성의 삶과 숙명이 대서사시처럼 펼쳐진 소설이다. (중략) "남자가 고기를 지배하고 오두막집을 지배하기 때문에 여자보다 월등한 것 같지만 사실은 그렇지 않다. 남자가 위대하다면 여자는 거룩하다. 왜냐하면 세상의 모든 딸들은 이 세상 모든 이의 어머니이기 때문이란다"라는 엄마의 말에 야난은 더 큰 용기와 여자로서의 자부심을 갖는다. 위대한 남자의 어머니는 거룩한 여자라는 영원불변의 패러다임에 따라 한 소녀가 되고 아내가 되고 이 세상 모든 이의 어머니가 된다.

—「'야난'처럼」 중에서

"위대한 남자의 어머니는 거룩한 여자라는 영원불멸의 패러다임에 따라 한 소녀가 되고 아내가 되고 이 세상 모든 이의 어머니가 된다"라는 문장을 나는 소리내어 읽어보았다. 갑자기 예산에 사는 딸이 보고 싶어 전화기를 열었다. 며칠 전, 딸 내외랑 아들네가 골프장에 갔을 때, 아들이 필드에서 스윙하는 누이의 동영상을 보내주었다. 딸의 목소리라도 듣고 싶었지만 한참 진료 중일 시각이다. 그저 사진으로나마 딸의 고운 모습을 보며 그리움을 달랬다. 다음 장면을 보려던 참에 나무계단을 밟고 한 여자가 올라왔다. 머리를 고무줄로 묶은 원피스 차림의 중년 여자였다. 그는 장바구니를 벤치에 올려놓고 왔다갔다 하며 통화를 했다.

"아직 회사니? 퇴근할 때 집에 와. 고기 구워줄 테니. 네가 좋아하는 열무김치하고 밥 먹고 가. 출발할 때 폰 신호 한번 보내."

직장에 다니는 시집간 딸과의 통화인 듯했다. 여자는 다시 다른 곳에 전화를 했다.

"여보, OO가 집에 온 대요. 올 때 추어탕 두 그릇 사 와요."

그리고 그 여자는 장바구니를 들고 계단을 내려갔다. 단란한 가족의 오붓한 저녁 밥상이 그려졌다.

나도 맛있는 음식을 만들어놓고 딸아이를 부르고 싶었다. 온종일 진료 보고 피곤한 채로 집으로 달려가지 말고 엄마 집에 들러 밥 먹고 가라고, 늦게 오는 사위 몫으로 뭐라도 챙겨주면서 좀 더 쉬다 가면 안 되겠냐고 붙잡고도 싶었다. 하지만 딸은 멀리 있고 마음뿐이다.

나는 다시 글에 집중했다. 작가는 삼십여 년 전, 딸을 낳았을 때 한 생명을 책임질 엄마가 된다는 것이 두려웠다. 자신의 불우했던 어린 시절과 허약한 몸으로 출산한 일, 산후우울증에 시달렸던 일을 떠올린다. 하지만 딸은 씩씩하고 밝게 자랐다. '누구에게나 자기 몫의 삶이 있고 그렇게 우리는 모두 어른이 되어간다'는 대목에서 나는 고개를 끄덕였다.

> 여름밤의 달큰한 공기가 감미롭다. 내일 아기와 함께 집에 올 딸을 기다리는 마음으로 길을 나섰는데, 걷다보니 그 여자와 함께 다른 여자 한 명이 길을 걷고 있다. 두 명의 여자다. 한 여자의 딸이었다가 엄마가 되고 할머니가 된 여자와 세상 이치 깨친 듯 초연한 척하지만 여전히 음울하고 게으르고 왠지 헛헛한 마음을 어쩔 줄 몰라 쩔쩔매는, 또 한 여자가 함께 길을 간다.
>
> —「'야난'처럼」 중에서

글 속의 '또 한 여자'는 작가가 아닌 바로 '나'였다. 나이만 먹었지 가슴은 아직 어느 날의 딸에게 미안했던 나로, 그 자리에 머물고 있었다. 나는 아직도 딸에게 정말 미안하기만 하다. 내가 교직에 있는 동안 나의 딸은 혼자서 너무 일찍 철이 들어버렸다. 속으로 담을 줄만 알았지 한번도 밖으로 자신을 내놓지 않은 채, 어느새 두 아이의 엄마가 되어버린 나의 딸. 바쁘게 생활하면서도 주변 사람들을 챙기고 배려할 줄 아는 넉넉한 사람으로 성장했다. 돈 버는 것도 중요하지만, '어떻게 쓰느냐'가 더 중요하다는 것을 딸은 알고 있었다. 나는 그런 딸을 볼 때마다 대견하고 고맙기만 하다.

6시 40분, 저녁에서 밤으로 이어지는 시간이다. 서쪽 하늘이 깊은 노을빛으로 물들었다. 조금 더 앉아 있을까 하다가 벤치에서 일어났다. 방금 딸에게서 전화가 왔기 때문이다. 때가 때이니만큼 밖보다는 집이 안전하다며 얼른 들어가라고 걱정했다. 나는 딸에게 말 잘 듣는 엄마가 되고 싶었다.

나무계단에 조금씩 어둠이 내려앉고 벤치도 하나둘 형체가 희미해졌다. 곧 가로등이 켜지고 주변은 환해질 것이다.

퇴근길, 사람들의 발걸음이 집을 향해 바쁘게 움직이고 있었다.

나의 달력

느지막이 등단하고 생각지도 못한 첫 수필집을 출간했다. 출판기념회까지 할 생각이 없었는데 주변에서 더 난리였다. 팔순이 가깝고 첫 수필집인데, 그냥 지나가면 나중에 분명 서운할 테니 꼭 부르고 싶은 사람만 불러서 식사라도 하라며 문우들도 조언했다. 아들과 의논해 가족과 형제, 친구와 문인 몇 분을 불러 조촐한 식사자리를 가졌다.

늦가을어서 날이 추울까 걱정했는데 다행히 포근했다. 호텔은 공간도 알맞았고 교통도 그만해서 그나마 부담이 덜 되었지만 그래도 저마다 귀한 시간을 내준 분들이 고마웠다. 언니가 함께했으면 좋았을 텐데 그 점이 내내 아쉬웠다. 나에겐 엄마와 같은 분이어서 참석했다면 무척 기뻐했을 것이다. 요양병원에 계신 언니의 빈자리가 크게 느껴졌다.

집으로 돌아와 축하 화분과 선물을 정리하다가 거실 탁자 위에 놓인 탁상달력을 보았다. 이제 남은 달력은 달랑 두 장뿐이었다. 오늘은 올해의 끝날인 12월 31일부터 거꾸로 셈하면 65일째이다. 2019년 새해를 맞아 덕담을 나누던 때가 엊그제 같은데 어느새 300일이 지났다.

내 친구 J의 손자는 제대 날짜가 40일 남았는데, 매일 날짜를 거꾸로 세고 있다고 한다. 시간을 역산逆算하는 사람이 어디 그 손자뿐이랴. 결혼을 앞둔 예비신부는 남은 날짜를 보고 숫자를 줄일 테고 임산부는 출산예정일을 역산할 게다. 나 또한 책이 나온 후 매일 오늘의 행사 날짜를 역산하며 긴장했다. 내게 있어 시간의 역산은 또 다른 의미의 희망이기도 했다.

어렸을 때 할머니는 집안 어른의 생신이나 기일, 하다못해 가족행사까지 정확히 기억하셨다. 수첩에 적어둔 것도 아니고 달력에 써놓지도 않았으면서 어떻게 술술 기억하는지 신기할 따름이었다. 분명 할머니는 몸속 어딘가에 달력을 지니고 있을 거라고 생각했다.

달력을 월력 또는 캘린더라고도 하는데 달력은 일 년의 날짜를 순서대로 표기해놓은 책으로 달, 날, 요일을 표시한다. 숫자 옆에 작은 글씨로 음력 날짜와 24절기, 각종 중요한 기념일 등이 적혀 있어 일상생활에 많은 도움을 준다.

탁상 달력이 나오기 전에는 미농지로 만든 일력日曆이 있었다. 그날의 날짜, 요일, 일진 등을 써놓았는데 벽에 걸어놓고 한 장씩 떼거나 뒤로 젖히는 책력이었다. 요즘 사람들은 핸드폰 달력을 많이 이용하지만 그래도 나는 종이 달력이 편하다.

탁상달력을 들고 지난 1월 달력부터 찬찬히 넘겨본다. 나이가 들다보니 칸칸이 병원에 간 날들로 글씨가 빼곡하다. 치아치료와 임플란트를 하기 위해 치과를 찾은 일, 안과 정기검사, 독감과 대상포진 예방접종을 했고 요양병원에 계신 언니한테 다녀온 날이 많았다. 3월 3일 첫 일요일에는 손자가 방학 동안 인턴 사원으로 받은 월급으로 밥을 샀다. 중순에는 연명치료를 거부하는 사전의료의향서를 작성했고 4월 어느 날에는 지하철 경로우대카드 마그네틱에 문제가 있어 주민센터에서 재발급 받았다. 5월 중순 교회에서 야유예배를 갔는데 함께했던 언니 생각에 우울했다. 6월초 건축공학과 4학년 손자가 건축기사 자격증을 따서 기뻤다. 6월부터 주 3회 수영을 시작했고, 7월초 아쉬움 속에서 운전면허증을 반납했다. 8월 중순 2박 3일 제주도 바캉스, 하순에는 문우 H의 출판기념회에 참석했다. 10월 중순에 나의 첫 수필집을 만났을 때 무척 떨리고 설렜다고 적어놓았다.

며칠 지나 우체국에 가서 지인과 친구들에게 책을 부쳤다. 책을 내면서 몇십 년 만에 옛 친구들과 소통의 기회를 가졌다. 남은 달력 11월 첫 주말에는 자녀들과 팔순 기념 후쿠오카 여행이 계획되었고, 12월 초에는 '한국산문' 송년문학행사가 있다.

2020년 경자년 새 달력을 펼친다. 2020년은 4년마다 맞는 윤년이다. 평소엔 2월이 28일까지지만 새해에는 2월이 29일로 일 년이 366

일이다. 금과도 바꿀 수 없는 소중한 하루, 24시간이 더 주어졌다.

맨 먼저 가족과 형제들의 생일과 아들딸의 결혼기념일을 칸칸에 옮겨 적었다. 1월초 대학 3학년 손녀가 프랑스 교환학생으로 출국한다. 2월에는 손자의 대학 졸업식과 공군 학사장교 입대가 있고, 목요일에는 수필공부, 주 3회 수영, 매월 둘째 토요일 초등학교 친구 모임, 11월 하순 언니의 기일을 표시했다. 그밖에 잊어버리면 안 될 약속이나 할일을 기록하고 기억할 참이다.

앞으로 나는 새 달력을 몇 번이나 더 받을 수 있을까. 그리고 달력 칸칸에는 어떤 내용들을 적게 되려나. 예전에는 웬만해선 중요한 일이 없었는데, 요즘 들어서는 어쩌다 스쳐지나가는 것들까지 귀해서 적어두고 싶어진다.

새해 바람은 건강한 몸으로 꾸준히 공부하면서 달력 빈칸에 '완성작품'이란 표시를 많이 하고 싶다. "모든 순간이 다아 내 열심에 따라 피어날 꽃봉오리"라고 한 정채봉 시인의 시구처럼 매 순간순간이 나에게도 그랬으면 한다.

쓰던 달력과 새 달력을 비교하면서 날짜가 주는 마디마디에서 소중함과 간절함을 다시금 생각한다. 내 몸에도 나이테 하나가 늘어나고 한해가 저물어 가는 중이다. 내년에는 내가 계획한 대로 앞을 내다보면서 살았으면 좋겠다.

내 달력은 나에게 달력 이상의 그 '무엇'이 된 지 오래다.

혼자 앉는 식탁

달력을 보니 추분이 지난 지 나흘이고 추석이 코앞이다. 갑자기 마음이 바빠졌다. 여름내 덮었던 누비이불을 세탁기에 돌리고 옷가지도 구분지어 빨았다. 볕이 좋고 산들바람이 불어 빨래하기 좋은 날이었다. 구석구석 청소까지 마치자 몸이 나른했다. 요즘 들어 쉬 피로를 느낀다. 현관문 걸음쇠를 걸고 잠깐 눈을 붙였다.

한숨 자고 일어났는데 시장했다. 아침식사로 우유에 푸로틴 분말을 넣어 먹었더니 부실했던가보다. 혼자 먹는 식사는 시간도 식단도 무시하게 된다.

점심을 하려고 냉장고에 씻어놓은 쌀을 꺼내려는데 콩국이 눈에 들어왔다. 사흘 전 한 병을 사서 콩국수를 해먹고 반 병 남은 것이다. 손쉬운 대로 콩국수 한번 더 해먹으려고 국수를 삶았다. 삶은 국수를 찬물에 헹궈 콩물을 부어서 먹는데 어느 순간 한기가 느껴졌다. 30분쯤 지났을까, 갑자기 배가 사르르 아파왔다. 서둘러 변기에 앉았다. 온몸이 뒤틀렸다. 화장실문 손잡이를 생명줄처럼 부여잡고 매달렸다. 온몸에 진땀이 흐르고 정신이 혼미했다. 이러다가 죽는구나 싶었다. 간신히 거실로 기어나와 약장 서랍에서 정로환을 꺼내 따뜻한 물과 함께 넘겼다. 거실과 화장실 바닥은 내가 흘린 땀으로 범벅이었다. 만일의 경우를 대비해 현관문 걸음쇠를 풀어놓으려 했으나 우리 집 현관은 그날 따라 아득히 멀었다. 통증이 서서히 가시자 그대로 침대 위에 쓰러졌다.

핸드폰 울림소리에 눈을 떴다. 거실 시계는 7시 반을 가리키고 있었다. 창밖은 어둠이 몰려오고 아직 불을 켜지 않은 거실 안, 나는 그 어둠에 젖어가는 시간의 일부가 되어 있었다. 이마에 흐른 머리카락을 쓸어올리며 핸드폰을 확인했다. H선생이었다. 갑자기 목이 메었다. "선생님, 말소리가 왜 그러세요?" 여느 때 전화를 하지 않던 사람이 무언가 통했던가보다. 사정 얘기를 들은 그는 속을 달래야 한다며 흰죽을 끓여 먹어보라고 했다.

쌀을 씻어 물에 불렸다. 어렸을 때 우리들이 아프면 할머니가 쑤어주셨던 흰죽, 어린 손자들이 아프면 나도 흰죽을 쑤어주곤 했다. 불린 쌀을 냄비에 안친 후 약불로 쌀알이 퍼질 때까지 주걱으로 한참 동안 저어주면 맛있는 죽이 완성되었다. 그때처럼 흰죽을 쑤었다. 밤 10시가 되어서야 죽을 먹을 수 있었다. 정말, 거짓말처럼 속이 편안해졌다.

전에는 한 끼를 먹어도 장조림, 멸치볶음, 고추조림 등 밑반찬을 열심히 챙겼다. 언제부턴가 반찬 만드는 일도 군일처럼 느껴지고, 있는 반찬도 꺼내기 싫어져 간단하게 때우곤 한다. 냉동실에는 며느리가 해온 등갈비 김치찌개며 카레 또 생선과 명란젓이 있지만 나는 여전히 김을 굽거나 달걀프라이를 하거나 김치 한 접시 놓고 식사를 한다. 어쩌다 변덕이 나면 이것저것 차리긴 해도, 점점 밥상 차리는 일이 귀찮기만 하다.

밥해먹기 귀찮을 땐 음식점에 가서 사먹어도 좋으련만 그동안 나는 너무 먹는 걸 소홀히 했다. 혼자 밥 먹는 거 흉도 아닌 세상인데 공연히 위축되어 그러지도 못한 것이다. 게다가 코로나19로 여러 해 이어온 수영도 못하고, 친구들도 만나지 못하면서 생활이 많이 단조로워졌다.

혼자 살면 이번처럼 갑자기 다치거나 아플 때가 문제다. 내가 건강해야 바쁘게 사는 자식들 걱정 안 시키고 나도 하고 싶은 일하면서 글도 쓰고 노후를 즐길 수 있을 텐데, 이번 일은 잘 챙겨먹고 건강에 신경쓰라는 신호 같았다.

아침에 일어나면 의무적으로 스트레칭과 맨손체조를 하고 제때 식사를 챙기려고 한다. 식품을 섭취할 때는 영양에도 신경을 쓴다. 휴대폰은 항상 눈에 잘 띄는 곳에 둔다.

그날 밤 불현듯 걸려온 H선생의 전화는 나에게 크나큰 위안이었다. 뜻밖의 연락도 반가웠지만 생각지도 못한 흰죽 처방은 어떤 의사의 치료보다도 훌륭했다. 요즘에 나는 종종 흰죽을 끓인다. 소화

력이 약해지기도 했지만 오랜만에 흰죽 맛을 제대로 느낀 때문이다. 입맛 없고 심심할 때 간장으로 간을 해 먹는 흰죽이 나에게 별미가 되었다.

단출한 식탁에서 제대로 모양을 낸 상차림으로 그럴듯한 한 끼를 즐긴다.

대[竹]처럼 때론 구리처럼

손녀가 초등학교에 입학한 게 엊그제 같은데 어느새 대학생이 되었다. 세월이 참 빠르다. 손댈 곳 없이 제 알아서 커온 아이가 새삼 대견하기만 하다. 꼬물거릴 때부터 유난히 똘똘한 아이였다. 나는 아이에게 특별한 추억을 만들어주고 싶어서 유별난 할머니를 자청했다. 아이가 초등학교 1학년 때 벌인 상장 수여식이 그것이다.

3월 초에 입학한 손녀는 새 친구도 사귀며 학교생활을 즐겁게 했다. 4월부터 교과서로 공부하면서 100점을 받아오는 날이면 아이는 어김없이 나에게 전화를 했다. 일신우일신日新又日新하라는 의미로 상장 수여식을 했다. 수여식은 주말에 아들네 거실에서 이루어졌다. 나는 상장을 든 것처럼 서서 상장 없는 상장을 읽었다.

“상장, 제1학년 2반 최OO. 이 어린이는 받아쓰기에서 100점을 받아서 칭찬하고 상을 줍니다.”

부상으로는 빳빳한 1,000원짜리를 봉투에 담아서 주었다. 아이는 신나서 좋아했고 3학년 오빠와 엄마는 소파에 앉아서 박수를 보냈다. 아이가 바이올린, 영어 등을 배우면서 바빠졌기에 상장 수여식은 1학기로 끝났다.

S중학교에 입학한 손녀는 활발하게 학교생활을 했다. 3학년 때는 학생회장을 했고 졸업식에서 이사장상을 받았다. 외고에 진학한 아이는 하루하루 지나는 시간이 아깝다며 시간을 쪼개어 공부했다. 시키지 않아도 늘 자신의 위치에서 최선을 다하는 모습이 기특했다.

손녀는 S대 정외과에 입학했다. 수업도 열심히 듣고 해외 활동도 하면서 잘 지냈다. 그런데 언제부터인지 아이가 침울했다. 식사를 못하고 체중도 갑자기 3kg이나 줄었다. 자신의 진로에 회의를 갖는 이른바 '대2병'에 걸렸다. '중2병'은 들었어도 대2병은 처음이었다. 학교 상담실에는 그런 학생이 의외로 많았다. 급기야 손녀는 2학년 2학기 중간고사를 치르고 휴학했다.

생각다 못한 아들은 손녀를 데리고 2박 3일 일본 여행을 다녀왔다. 아빠와 함께하는 여행에서 대2병을 털어냈으면 바랐다. 일본을 다녀온 손녀는 자기가 저금한 돈으로 친지가 사는 뉴욕에서 한 달간 머무르며 박물관, 음악회 등을 다니며 시간을 보냈다. 유엔본부에서 제 부모와 할미인 나에게 우편엽서도 보냈다. 차츰 대2병에서 벗어나 올 3월부터 다시 학교에 다닌다.

오후 늦게 마신 커피 때문인지 잠이 오지 않는다. 책을 펼쳤지만 글자가 자꾸만 달아난다. 머릿속은 다른 생각으로 복잡하다. 손녀의 근황이 궁금했다. 대2병에서 벗어났는지, 친구 관계는 어떤지. 문자메시지라도 보낼까 하다가 밤 늦게 공부하는 아이에게 방해될까 싶어 접었다. 그러다가 호흡을 가다듬고 용기를 내어 처음으로 긴 카톡을 보냈다.

"OO아, 공부하기 힘들지. 머리도 식힐 겸 할머니 얘기 들어볼래. 강원도에 폭설이 내린 어느 해 겨울, 큰 나무들의 휘어진 줄기와 가지들은 눈의 무게를 견디지 못하고 끝내 부러졌단다. 태풍에도 잘 견딘 전나무들이었는데. 그때 새삼스럽게 '유능제강柔能制剛'이라는 말이 떠올랐어. 그 뜻은 부드러운 것이 능히 강한 것을 이긴다는 말이란다. 이솝 우화에서도 나그네의 외투를 벗긴 건 바람이 아니고 해님이었지. 살아보니까 똑똑한 것도 좋지만, 가슴이 따뜻한 사람이 나는 더 좋더구나. 우리 이쁜 손녀가 할머니의 잔소리를 받아주려나. 오늘밤에는 쉬 잠이 오지 않는구나."

설핏 잠이 들다 말았다. 손녀에게서 답장이 와 있었다.

"할머니, 제가 어제 너무 일찍 잠이 들어서 카톡을 못 봤어요. ㅠㅠ 부드러운 사람이 될게요. 좋은 말씀 감사해요. 빨리 주무세요."

오전 3시 30분이었다. 내 말을 귓등으로 듣지 않고 받아준 손녀가 고맙다.

어느 글에서 본 내용이다.

자연이 설계한 모든 과정에는 반드시 이유가 있다. 애벌레가 나비가 되어 날아오르기까지에는 과정이 있다. 나비는 고치를 빠져나올 때 고통스레 몸부림쳐야 한다. 그것은 몸통에 남은 수분이 날개로 밀려 올라가게 하기 위한 과정이다. 그래야만 나비는 한층 가벼운 몸과 튼튼한 날개를 가질 수 있다. 선불리 고치의 벌어진 틈을 찢어주면 쉽게 날 수 있을 것 같지만 불행한 결과를 초래한다. 고치 속에서 몸부림치지 않은 나비는 날 수가 없고 결국 얼마 못 가 죽게 된다.

과정 없는 결과가 없듯이 어떤 어려움도 참고 견뎌야 한다는 교훈이다. '그 자리'에 오르기까지의 고통스런 과정이 어디 내 손녀에게만 국한되랴. 삶은 누가 대신 살아 줄 수 없다.

손녀는 심성이 곧고 정의감이 강한 아이이다. 때에 따라 '대[竹]처럼 곧고 구리처럼 휠 줄 아는 사람'이었음 싶다.

아무래도 오늘 밤은 쉬이 잠이 오지 않을 것 같다.

오랜 친구와 하루를 보낸다는 건

지하철을 타려고 집을 나섰는데 비가 억수같이 쏟아졌다. '극한 호우豪雨'라는 기상청 발표가 정확히 들어맞았다.

오랫동안 소식이 끊겼던 K와 만나기로 약속한 날이다. 그의 건강 문제로 만남이 몇 차례 미루어졌다. 작년엔 허리가 아파서, 올 4월은 무릎 수술로, 6월에는 감기와 설사로. 그러다가 일주일 전에 오늘 만나자는 메시지가 왔다.

우리는 고등학교 3년 동안 한 교실에서 공부했다. 키가 큰 그는 교실 뒤쪽 친구들과 친했고, 키가 작은 나는 앞자리에 앉은 친구들이랑 어울렸다. 그는 정이 많고 마음이 넉넉한 친구다. 오래 전 친구들과 모임이 있었고 한동안 만나지 않다가 30년 만에 만나러 가는 길이었다.

그는 서초동에 살다가 몇 해 전 구성동으로 이사했단다. 처음 듣는 지명이었다. 구성동은 강남역에서 신분당선 타고 미금역에서 오리역으로 갈아탄 후 세 번째 역이라고 했다.

친구가 앓고 난 후여서 내가 그의 집 가까이 가려했지만, 전철을 세 번 갈아타야 하고 초행길이라 헤맬 것 같았다. 강남역에서 만났으면 했는데 K는 굳이 사당역에서 만나자고 했다.

'13일 목요일 11시 반 사당역 14번 출구'. 그는 날짜와 시간을 달력에 표시하라고 했다. 약속 하루 전날 다시 문자가 왔다. '친구야, 내일 사당역 14번 출구 11시 반.'

극한 호우 예보였지만 만남을 연기하자는 말은 하지 않았다. 어떤 변수가 생길지 알 수 없었기 때문이다.

11시 15분 전에 사당역에 도착했다. 지하철 역사는 우중충했고 우산을 든 사람들로 북적였다. 30분이 되자 반바지 차림으로 큰 우산을 든 그가 내게로 다가와 어깨를 감싸안았다. 30년 만에 듣는 그의 말소리는 여전했다. 우리는 서로의 얼굴을 보면서 속절없는 세월을 읽고 있었다.

에스컬레이터를 타고 밖으로 나오니 세찬 빗줄기는 여전했다. 어쩔 수 없이 걸어야만 했다. 그런데 여느 때 다니던 길이 폭우로 모래주머니 등을 쌓아 막아놓았다. 음식점은 근처를 빙 돌아서 찾아가야만 했다. 물폭탄으로 시야가 흐려지고 차도와 인도 구분이 없어졌다. 미처 맨홀로 빠지지 못한 빗물은 길바닥에 흥건하게 고였다. 신발도 젖은 채 우리는 약속한 듯이 어느 건물 지붕 아래서 우산을 기울인 채 서 있었다. 둘이 같이 가는 길이라 발길을 서두르지 않아도 되었다.

소나기는 '갑자기 세차게 쏟아지다가 곧 그치는 비'이다. 한자어 속락우速落雨가 변했다는 말도 있지만, 소나기 어원은 가뭄에 시달리는 여름날, 농부 두 사람이 '언제 비가 올 것이냐'를 놓고 말싸움을 하다가 급기야 가장 귀한 소를 놓고 내기를 한 데서 비롯되었다. 이 와중에 내린 세찬 비를 '소내기'로 부르다가 소내기가 소나기로 바뀐 것이다.

비가 그치길 기다리며, 어릴 적 할머니한테 들었던 소나기 이야기를 친구에게 들려주었다.

초등학교 3학년 때였다. 학교에서 공부 끝나고 집에 오다가 소나기를 만났다. 흠뻑 젖어 집에 오자 엄마는 몸을 닦아주고 옷을 갈아입혀주셨다. 할머니는 옆에서 소나기가 내릴 때는 처마 밑에서 잠시 비를 피하라며 '소나기 삼형제' 얘기를 들려주셨다.

"소나기 같은 거센 비는 갑자기 쏟아지고, 갑자기 거세지고, 갑자기 그치는 세 갈래를 거친다"는 이야기였다. 억수 같은 비도 강한 비가 몇 번 들이치면 반드시 약해진다는 옛 어른들의 경험적 지혜였다. 나는 그때의 우리 할머니보다 나이가 더 들었다.

빗줄기가 뜸해져 음식점으로 향했다. 식당 입구의 엘리베이터는 고장이 났다. 나선형 계단으로 내려갔다. 직원이 안내한 자리는 2인용 좌석으로 부착된 가리개가 둘만의 오붓한 공간을 만들어주었다. 잘 차려진 음식을 밀차에 싣고 와 그대로 식탁에 밀어넣었다. 12첩

반상에 돌솥밥과 된장찌개. 뜨거운 물이 담긴 주전자는 따로 들고 와서 식탁 가장자리에 올려놓았다.

음식은 맛깔스러웠다. 친구는 이것저것 내게 권했다. 솥바닥에 눌어붙은 눌은밥까지 맛있게 먹으면서 우리의 이야기는 실타래에 감긴 실처럼 술술 풀려나왔다. 평생을 열심히 살아왔고 지금은 홀로 사는 노인의 이야기. 공통분모는 건강, 먹거리, 세상 돌아가는 이야기, 신앙생활과 친구들의 근황 등이었다. 이 궂은 날, 오랜 친구와의 만남은 형편도 나이도 그 아무것도 필요 없이 가끔씩 서로의 손을 잡으며 웃어주는 것으로 그저 좋았다. 우리가 그러는 동안에도 행정안전부의 안전 안내 문자는 수시로 폰에 떴다.

차는 셀프였다. 친구가 어떤 차를 좋아할지 몰라 입구에 비치된 자판기에서 따뜻한 믹스커피와 생강차 그리고 얼음이 뜬 매실차 한 공기를 쟁반에 담았다. 친구와 나는 느긋하게 앉아서 차를 마신 후 3시 반에 자리에서 일어났다.

우리는 사당역에서 헤어졌다.

밤에도 하늘에 구멍이 난 것처럼 장대비가 쏟아졌다. 자리에 누우니 비를 맞으며 친구와 지낸 시간이 꿈만 같았다. 이런 날이 다시 올 수 있을까.

우리는 언젠가부터 하루를 최선을 다해 채우며 살고 있었다. 누구에게나 공평하게 주어진 하루, 귀한 친구를 만남으로 좀 더 꽉 차게 보낸 듯 흐뭇하다. 밤은 깊은데 창밖엔 여전히 비가 내린다.

제2장
숟가락 이야기

나를 닮은 새 한 마리
미술과 문학의 브로맨스Bromance
어느 가을날의 소고小考
누가 가르쳐주었을까
완두콩 까는 노파
숟가락 이야기
코타키나발루에서
훈민정음 윷놀이
운수 좋은 날

나를 닮은 새 한 마리

내 서재에 가리개 하나가 있다. 엷은 황토색 비단 천에 옛날 수실로 수놓은 가리개는 조선 말기 어느 궁녀의 작품이라고 한다.

두 폭을 잇는 밤색 나무 테두리 중심에는 두 개의 이음새가 있다. 이음새에는 각각 네 개의 구멍을 뚫어 칡넝쿨로 엮어 가리개를 접었다 폈다 할 수 있게 만들었다. 유리를 덮은 가리개는 무게가 나가는 편이라 늘 벽 쪽에 기대 세워둔다.

두 폭 중 왼편에는 살짝 굽은 소나무 한 그루가 자리를 차지했다. 붉은 빛이 감도는 둥치는 건강한 청년의 허벅지가 연상될 만큼이나 튼실해 보인다. 밑동부터 꼭대기에 이르기까지 연한 밤색과 연녹색의 조화로운 타원 연속무늬가 마치 철갑을 두른 듯하다. 둥치 중간에서 굵다란 가지 하나가 이음새를 지나 오른쪽 폭으로 힘차게 뻗어나갔다. 철갑무늬 가지에는 솔잎이 풍성하다. 남은 부분은 그대로 여백이다.

나무꼭대기 오른편으로 완만하게 굽은 펀펀한 둥치는 솔잎이 다보록한데, 그 솔잎 위에 날개를 접은 매[鷹] 한 마리가 앉아 있다. 넓적한 긴 꽁지깃을 늘어뜨린 채 뒤태를 보이며 머리를 오른쪽으로 살짝 틀었다. 겨자색과 연녹색이 섞인 듯한 은은한 깃털, 물고기 비늘처럼 촘촘한 그 깃털 속에 콕 박힌 작고 검은 눈, 살짝 구부러진 작은 부리, 머리부터 가슴으로 이어지는 유선형 몸매가 볼수록 아름답다.

몇 해 전에 모 방송국에서 방영한 〈매[鷹]〉를 다큐멘터리로 시청한 적이 있다. 한·중·일 아시아와 북아프리카 등지에서 서식하는 매의 생태를 다뤘는데 무척 흥미로웠다. 매는 새끼를 안전하게 기르기 위해 신중하게 집터를 결정한다. 주로 접근이 어려운 해안 절벽이나 바위틈, 때로는 침엽수 꼭대기에 둥지를 틀며 텃새로 살아간다.

웅장한 음악이 들리는가 싶더니 화면은 곧 눈밭 위를 달리는 토끼를 비춰준다. 바위에 앉아 근엄한 자세로 들녘을 지켜보던 매는 이때다 싶을 때 빠르고 정확하게 토끼를 덮친다. 매의 민첩함이 놀랍기만 하다. 8㎞ 밖 먹이도 어렵지 않게 발견한다 하니 아마도 매는 토끼가 가장 좋은 거리로 좁혀올 때를 기다렸을 테다.

매가 하늘을 날 때는 아름다운 행위예술을 펼치는 것만 같다. 몸길이에 비해 날개가 크고 튼튼해서 오랜 시간 활공할 수 있다. 속도를 줄일 때나 방향을 바꿀 때는 브레이크를 밟듯 발톱으로 나무를 친다. 예리한 발톱과 부리로 먹잇감을 죽인다. 볼수록 매섭고 날렵

하다. 옛날부터 사람들은 사냥할 때 매를 이용했다.

매에게 3월은 일과 사랑으로 분주하다. 나뭇가지와 잎으로 집 짓는 틈틈이 짝짓기를 한다. 나뭇잎이 물오른 4월 중순, 암컷은 알을 네댓 개 낳고는 둥지에 앉아 골고루 덥혀지도록 굴린다. 알은 38일 만에 부화한다. 어미는 수컷이 사냥해온 쥐, 새, 뱀 등을 잘게 찢어서 새끼에게 먹이다가 차츰 스스로 먹을 수 있도록 훈련시킨다. 한 달 후면 털이 짙어지고 날갯짓을 시작한다. 새끼는 한 살이 될 때까지 부모 영역에 살면서 모든 걸 익히고 어미는 둥지를 지키며 그동안 어떤 고난도 감내해야만 한다.

가리개는 30년 전 이사한 집에 남동생이 선물로 들고 왔다. 동생은 몇 해 전 먼 곳으로 갔지만 가리개는 이럭저럭 지금까지 나와 지내는 중이다.

궁녀는 등잔불 밑에서 큰 수틀 앞에 앉아 바늘을 한 땀씩 꽂고 빼며 숱한 밤을 지새웠으리라. 그런데 왜 하필이면 매였을까. 매서운 눈매와 위엄이 느껴져 왕실에서 사용하는 생활용품에 매를 새겼다고 하지만, 끝내 나는 그 이유가 궁금할 따름이다. 아무튼 '매섭다, 매몰차다'라는 말도 매에서 나왔듯 냉철하고 예리한, 세상에서 제일 빠른 새인 매는 가히 새들의 왕이지 않은가.

새는 나무를 가려서 앉는다. 매가 앉아 있는 나무꼭대기, 가지와 잎에 가려서 보이지 않지만 거기 둥지가 있음을 알 수 있다. 마치

하늘에 떠 있는 섬처럼 신비롭다.

눈이 감긴다. 보던 책을 덮는다. 고개를 돌려 무심히 가리개 속 매를 바라본다. 긴 봄, 해가 점점 엷어지고 산그림자가 드리웠다. 어미가 가장 한가한 때이다. 만고풍상을 함께한 소나무 둥치에 앉아서 어미 새는 무슨 생각을 하는 걸까. 물고기 비늘처럼 촘촘한 매의 깃털은 바늘처럼 뾰족한 솔잎과 모양만 다를 뿐 같은 색이다. 보호색이다. 지엄한 구중궁궐에서 있는 듯 없는 듯 살아가는 궁녀의 호신 습성일까, 아니면 발톱을 감춘 매를 위한 배려일까?

그러고 보면 매는 궁녀인 듯도 하고, 궁녀가 은애하는 왕인 것도 같다. 그리고 어찌 보면 한세상 있는 듯 없는 듯 자신을 드러내지 않고 살아가는 나를 보는 것도 같다.

지금 나는 꿈을 꾸는가? 꿈을 꾸고 있다는 것을 어렴풋이 알면서 꿈은 이어진다. '자각몽自覺夢'이다.

안개가 서서히 걷히면서 새로운 바람이 불어온다. 숲도 얼굴을 바꾸었다. 바람의 방향도 달라졌다. 이리저리 다니던 바람은 나뭇가지 끝에서 머문다.

가리개 유리가 들썩인다. 매가 날개를 퍼덕인다. 그 매가 바람을 탄다. 매야, 그 바람을 타고 저 푸르른 하늘을 힘차게 날자꾸나.

미술과 문학의 브로맨스Bromance

우렛소리와 함께 쏟아지는 빗소리로 잠이 깼다. 사흘 전, 국립현대미술관 덕수궁 기획전인 '미술과 문학의 만남'을 국립현대미술관 홈페이지에 운 좋게 예약할 수 있었다. 늦은 아침을 먹고 외출 준비를 하는 동안에 비는 멎었지만 하늘은 여전히 우중충하고 가을 날씨처럼 선선했다. 예약시각은 12시. 코로나19로 인한 거리두기로 1회 입장 인원을 70명으로 제한했다. 친구와 덕수궁 대한문 앞에서 11시 40분에 만나 티켓을 끊고 입구에서 열 체크 한 후, 전시장인 석조전으로 들어갔다.

화가 구본웅具本雄(1906~1953)의 대표작 〈친구의 초상〉(1935)을 첫 작품으로 만났다. 그림 속 주인공은 구본웅의 동네 단짝 친구인 문인 이상李箱(1910~1937)이었다. 날카로운 눈빛과 창백한 낯빛, 파이프를 문 선홍색 입술이 강렬한 색채로 대비를 이뤘다. 그런 모습이 내 눈에는 몹시 인상적이었다. 이상의 작품에도 구본웅이 등장했다. 엽서 크기의 설명이 붙어 있는 카드에는 이상의 「봉별기逢別記」(1936)에 "농弄하는 친구 화우畵友 K군이 구본웅"이라고 쓰여 있다. (집에 와서 「봉별기」를 다시 읽었다. 이상이 폐결핵으로 객혈을 하자 백천白川온천으로 요양을 갔다가 만난 작부 '금홍'과의 생활 기록이고 이별기이다. 화우 K군이 구본웅임을 알고 읽으니 친근감이 들었다.)

차분히 아래로 향한 시선과 단정한 입매, 우수어린 표정. 화가 김용준(1904~1967)이 그린 문인 이태준(1904~1970)의 청년시절(1928년) 모습도 반가웠다. 미술학도를 꿈꿨을 정도로 그림에 관심이 많았던 이태준과 『근원수필』을 내는 등 문학적 재능이 뛰어난 김용준은 일본 유학시절에 만난 평생 절친이자 예술적 동지였다. 서양화를 그리던 김용준이 한국화로 전향한 배경도 이태준의 영향이 컸다고 한다.

화가 이중섭李重燮(1916~1956)은 한국전쟁 중 가족을 일본으로 보낸 후 제주도와 부산, 통영 등에 머물며 작업에 매진했다. 1955년 1월 개인전이 실패하자 가족과의 재회를 포기한 채 아내와의 연락을 끊고 친구 구상具常(1919~2004)의 왜관 집에서 머문 적이 있었다. 구상이 아들에게 자전거를 사서 태워주자 이중섭은 이를 몹시 부러워하며 자신의 초라한 옆모습까지 화폭에 넣었다. 〈시인 구상의 가족〉(1955)은 그의 절망 속 작품으로 강렬한 색채 대신 누런 색감으로 표현했는데, 당시 그의 상황을 절제된 예술기법에 담아 보여주었다.

〈시인 구상의 가족〉 그림 옆에는 이중섭이 구상에게 쓴 '종교에 귀의하고 싶다'는 내용의 짧은 편지와 함께 이중섭의 아내 아사코가 구상에게 보낸 편지가 나란히 함께했다.

"구상님, 어느새 6월도 얼마 남지 않아 본격적인 더위가 찾아왔습니다. 이전에도 편지를 드린 것처럼 남편으로부터 3개월 이상 편지가 없어 무척 걱정하고 있습니다.

(중략)

하루라도 빨리 구체적인 답장을 기다리고 있겠습니다. 아사코 1955년 6월 22일"

구상이 애지중지한 그림은 이중섭의 〈천도복숭아〉이다. 구상은 폐결핵으로 투병할 때 문병오지 않는 이중섭이 서운했다. 나중에 알고 보니 문병 때 들고 올 과일 살 돈이 없어서 그림으로 그려서 오느라고 늦은 거였다.

한국전쟁으로 인해 가족과 이별하게 된 이중섭은 끝내 가족과 재회하지 못한 채 40세에 사망했다. 나는 그 부분에 머물면서 못내 안타까웠다. 구상을 많이 의지한 이중섭. 그들의 브로맨스에서 좋은 작품들이 탄생했음을 알 수 있었다.

김환기金煥基(1913~1974)는 문학을 매우 사랑했던 화가로, 김광균, 서정주, 김광섭, 조병화 등 수많은 시인과 친교를 맺었으며, 또한 이들을 다른 화가들과 이어주는 가교역할을 하기도 했다. 그의 작품 〈달밤〉(1951)은 대부분의 문예인들이 집결했던 피난지 부산에서 그린 그림이나. 시인이자 사업가인 김광균金光均(1914~1993)의 사무실 벽에 걸었던 작품이기도 하다. 〈달밤〉은 하드보드에 그린 유채油彩로 큼직하고 둥그런 보름달 아래, 바닷가의 배들 또한 달과 같이 '두둥실' 떠 있다. 전쟁기에 제작되었다는 사실이 믿기지 않을 만큼 풍부한 서정성을 담은 작품이다.

김환기와 김광섭(1905~1977)은 성북동 이웃사촌이다. 김환기가 뉴욕에 정착한 후에도 두 사람은 편지를 주고받았다. 1970년 어느 날, 김광섭이 죽었다는 비보에 충격을 받은 그는 김광섭의 시詩「저녁에」를 메모하듯 드로잉했다. 밤하늘의 별처럼 캔버스 전체를 점들로 빼곡히 채운 전면점화全面點畵로 제목은 김광섭 시詩의 마지막 구절 '어디서 무엇이 되어 만나랴'이다. 이 작품으로 김환기는 '한국미술 대상'을 수상했다. 하지만 김광섭의 사망 소식은 오보였다. 아이러니하게도 김환기는 1974년 61세의 나이로 뉴욕에서 김광섭보다 3년 먼저 숨을 거두었다. 전시장에 그 작품은 없어 아쉬웠다. 다만 청록색 화폭의 전면점화 등을 보면서 두 사람의 우정을 짐작할 수 있었다.

'지상의 미술관' 진열대에는 신문 자료와 오래된 책들이 빼곡했다. 책 표지 그림은 대부분 당대의 화가들 그림이었다. 심훈의 『상록수』 표지는 이여성(1901~?)이 그렸고, 화가 정현웅은 윤석중의 『아동문학집』(1938), 이광수의 『사랑』(1939)의 표지 그림과 백석의 「나와 나타샤와 흰 당나귀」의 시화詩畫를 그렸다. 마해송의 『앙그리께』(1971), 이덕성의 『호흡』(1954), 잡지 『문학예술』(56년 1월) 등의 표지는 화가 장욱진의 그림이다. 화가 천경자(1924~2015)의 수필집 『언덕 위의 양옥집』, 『여인소묘』 등도 반가웠다. 박화성의 소설 『거기에 바람이』(1964)의 표지 그림은 천경자의 작품이다. 손소희의 장편소설 『태양의 시詩』(1962), 윤동주의 『하늘과 바람과 별과 시詩』(1955), 노천명의 『별을 쳐다보며』(1953) 표지는 김환기의 작품이다.

신문소설은 문인과 화가를 이어주는 만남의 장으로, 삽화와 화문畵文을 볼 수 있었다. 화가가 되고 싶었던 이상은 박태원이 소설 『구보의 일일』(1934.8.1.~9.19)을 조선일보에 연재할 때 삽화를 맡았다.

이렇듯 의욕적이고 다재다능한 이상李箱이 여성문제 등 건강관리를 제대로 하지 못해 27세의 나이로 요절한 것이 끝내 안타까웠다.

구름에 달 가듯이 출구로 향하다가 마주한 벽에 부착된 『현대문학現代文學』 54권 앞에서 발이 멎었다. 『현대문학』은 월간 문예지로 김동리, 박목월, 김춘수, 조지훈, 서정주 등의 옥고玉稿가 실린 순수문예지이다. 김환기의 창간호(1951년 1월), 천경자, 박고식, 장욱진, 한묵 등의 작품으로 꾸며진 표지는 가히 한국 근현대 미술사를 총망라한 작품이었다.

1920년대에서 1940년대에 활동했던 남성 예술가들의 남달랐던 우정인 이인행각二人行脚, 그들의 창조적인 교감과 깊은 우정을 말하는 브로맨스Bromance는 형제brother와 로맨스romance가 결합된 조어로 "남자들 사이의 진한 유대와 우정을 지칭하는 말"이다. 그들은 예술을 아름답게 꽃피웠고 암울한 시대에 어둠을 밀어내는 한 줄기 빛이었다. 남성 간의 친밀하고 깊은 우정과 그에 못지않은 여성 간의 깊은 우정인 워맨스Womance[woman+romance]도 함께 생각하게 되었다.

오후 1시 50분쯤 우리는 전시실 문을 나섰다. 석조전 계단을 한 걸음씩 옮기는 나의 발걸음이 조심스러웠다. 평생을 살면서 친구를 위해 나를 온전히 바쳤던 적이 몇 번이나 있었나, 문득 되짚어보게 되었다. 나 살기 바빠 주변을 둘러보기도 어려웠던 게 사실이다. 자존심이 꺾이면 죽는 줄 알았기에 마음 한 점 내보이지도 못했다. 따지고 보면 별 것 아닌 시간들. 뭐가 그리 중요하다고 아등바등했을까.

젊어서는 일하느라 바빴지만 이제는 오랜 친구, '선천성 우정'을 만나면 여든 나이도 금방 잊게 된다. 친구도 나도 다르지 않기에 어떤 말 필요 없이 같은 보폭으로 길을 걷는다.

그나마 건강한 몸으로 오랜 친구와 정갈한 고궁古宮 땅을 밟는 것도 어디에 비할 수 없는 기쁨이었다. 5월의 말간 하늘과 햇살, 비에 씻긴 수령 높은 푸른 나무들이 더없이 든든하게 우리들 가는 길에 시원한 그늘을 만들어주었다.

어느 가을날의 소고小考

한 여인이 보도步道에 웅크리고 앉아 종이박스를 접는다. 그의 발치에 접어놓은 박스 두 개가 놓여 있다. 여인은 박스 세 개를 안았다. 나는 박스를 두 팔로 힘겹게 안은 여인에게 빠른 걸음으로 다가갔다. 옅은 밤색 털모자를 쓴 선한 눈빛의 노파였다.

“저어, 우리 집에 신문지 모아둔 게 있는데 드리고 싶군요.”

노파는 반색을 했다. 나는 마트에 가는 길이니 한 시간쯤 후에 왔으면 좋겠다며 동 호수를 알려주었다. 그는 동 호수를 두세 번 뇌이고는 시간 맞춰 밀차를 가지고 가겠노라고 했다.

집에 도착한 나는 서재에 쌓아둔 신문지를 현관 밖 한쪽에 내놓았다. 전에 신문지를 가져가던 분은 이태 전 멀리 이사를 했다. 쌓아둔 신문지를 재활용 분리수거일에 내놓을까도 했지만 영 내키지 않았다. 내가 읽은 신문을 커다란 마대에 쏟아부어 다른 폐지와 섞어 어딘가로 떠나보내고 싶지는 않았다. 깨끗한 신문은 누군가 한번 더 볼 수도 있고, 다른 용도로 쓰일 수도 있을 것 같아서였다. 그리고 폐지 줍는 분에게 드리면 조금이라도 도움이 될까 싶어 모아 두었다.

오후 1시가 조금 못되어 인기척이 났다. 서둘러 현관문을 열자 마침 그가 벨을 누르려던 참이었다. 그는 신문지를 밀차에 차곡차곡 실으면서 요즘엔 신문 보는 집이 드물어 신문이 귀하다고 했다. 신문을 다 실은 그가 끈으로 고정하더니 집이 아늑하고 온기가 느껴진다며 혼잣말을 했다. 나는 혼자 사는 집이 그렇고 그렇지 않나 싶었다. 잠시 들어와 차 한잔하자고 할까 하다가 그만두었다. 나의 배려가 때론 상대의 마음을 불편하게 할 수도 있다는 생각이 들었다. 나는 냉장고에서 우유 한 팩을 꺼내 드리며 서너 달 지나서 또 들르라고 했다. 그는 밀차를 끌고 엘리베이터에 오르며 문이 닫히기 전에 고맙다는 인사를 한번 더 하고 떠났다.

높이 쌓였던 신문지를 치우니 방안이 깨끗했다. 고마운 건 오히려 나였다. 그런데 집에서 온기가 느껴진다고 했던 그의 말이 오랫동안 마음에 남았다.

저녁때가 되어 『명심보감』을 집어들었다. 천천히 첫 장을 펼쳐 음미했다.

'물이선소이불위勿以善小而不爲하고 물이악소이위지勿以惡小而爲之하라.'(선이 작다 해서 하지 않지 말며, 악이 작다 해서 하지 말라.)

촉한蜀漢의 초대 군주 유비劉備가 임종 시에 아들 유선劉禪에게 한

유언이다.

언제부터인가 나는 이 구절을 마음에 담아 실행하고 있다. 예를 들어 길을 가다가 돌멩이가 있으면 주워서 가장자리로 옮겨놓거나, 신발 끈이 풀어진 학생에게 알려주는 지극히 소소한 일들이다. 그런데 그런 작은 일을 하고 나면 흐뭇하고 마음이 편안했다.

잠시 주위를 둘러보면 나의 시선을 필요로 하는 것들이 보인다. 나는 내 눈에 닿는 것들을 그냥 지나치지 않는다. 크든 작든 마음을 열고 말을 걸어본다. 사람이든 동물이든, 또는 식물이어도 마찬가지이다. '같이 가면 멀리 갈 수 있다'는 아프리카 마사이족의 말처럼 작은 움직임이나마 그것들과 연결하면 세상이 순한 쪽으로 바뀔 거라고 믿는다.

선善은 명사가 아닌 동사動詞이다. 크든 작든 마음속에만 머물러 있는 선善이라면 그것은 연민에 지나지 않는다. 따뜻한 마음이 행동으로 옮겨질 때 선善으로 승화한다. 주자朱子는 선善을 실행에 옮기는 것을 바람의 신속함과 같이 하라고 했다. 망설이지 않는 빠른 실천이 중요하다는 것이다. 오늘 나에게 새삼 감사함을 일깨워준 그분에게 나도 똑같이 감사의 마음을 전한다.

늦가을로 접어들면서 아파트 마당에 오색 나뭇잎들이 바람의 결따라 나뒹군다. 부지런한 경비아저씨의 비질하는 손길이 분주해졌다. 이제 또 한 차례 바람이 불고나면 스산한 가을만 남으리라.

올해도 내 마음 싣고 가을이 바삐 지나간다.

누가 가르쳐주었을까

아들네가 이사한 지 보름쯤 되었다. 집안 정리가 어느 정도 되었을 때 식사 초대를 받았다. 현관에 들어서자 거실 한편에 자리한 산세베리아 화분이 눈에 들어왔다. 반가움에 다가가 눈인사를 건넸다. 그런데 하나같이 뿌리가 5센티 정도 흙 위로 올라와 위태로웠다. 물을 주지 않아 그런가 하고 살펴봤지만 의외로 화분엔 물이 질펀했다. 화분을 들고 베란다로 나갔다. 창문을 활짝 열고 넓게 펼친 신문지에 산세베리아를 뽑아서 눕혀놓았다. 그러고는 화분 속 흙도 모조리 쏟아 한쪽으로 펼쳐놓고 화분을 깨끗하게 씻어 물기를 말렸다. 산세베리아도 통풍이 잘되는 그늘에 뿌리와 몸통을 모두 말려볼 참이었다.

20여 년 전, 산세베리아 작은 화분 하나를 친구한테 선물로 받았다. 공기를 정화시킨다는 말이 반가웠다. 집에 있는 여느 식물보다 관심을 더 두게 되면서 그와의 인연이 시작되었다. 산세베리아는 나의 사랑을 받으며 거실 좋은 자리에서 도톰한 잎을 맘껏 뽐냈다. 관용이라는 꽃말도 맘에 들었지만 이름이 예뻐서 그 무렵 인터넷을 시작한 나는 닉네임을 산세베리아로 정했다.

몸집이 불어나면서 큰 화분에 옮겨 심었다. 몇 년 후에는 동네에 찾아오는 화초 아저씨에게 분갈이를 맡기고 화분 하나를 새로 구입했다. 아저씨는 새 화분에 마사와 배양토를 섞은 후, 분배한 기존의 산세베리아를 가운데 심고, 종류가 다른 키가 작은 것을 가장자리에 돌려 심었다. 새 화분은 아들네로 보내고 작은 것은 우리 집에 두었다.

2년쯤 지났을까. 아들네 산세베리아는 풍성한 잎 속에서 연둣빛 꽃대를 올리며 은은한 멋을 자랑했다. 꽃대가 연달아 오르면서 주변도 밝아지는 느낌이었다. 나는 산세베리아 꽃을 그때 처음 보았다. 산세베리아 꽃이 피면 집안에 좋은 일이 생긴다더니 그해에 손자가 원하는 대학에 진학했고 집안에 여러 경사가 겹쳐 일어났다. 나는 산세베리아가 새삼 기특했다. 그의 생존본능만을 말하는 것이 아니었다. 오염된 지구를 위해 공기정화식물로 존재하는 것도 그렇고, 특별히 손이 안 가도 잘 자라는 것도 그랬다. 알아서 한다는 것은 사람도 동식물도 다 같이 대견한 일이었다. 자신의 존재를 알리는 산세베리아를 보다가 몇 해 전, 텔레비전 뉴스에서 보았던 감동어린 이야기가 떠올랐다.

전남 구례읍 양정마을에 갑작스런 폭우로 하천이 범람했다. 비는 며칠째 그치지 않고 쏟아졌다. 사육하는 소들이 물 위를 떠다니다가 어느 집 지붕 위로 대피하는 장면이 화면에 잡혔다. 그런데 유독 한 마리가 다른 소와 달리 비정상적으로 배가 불룩했다. 새끼를 밴 모양이었다. 화면을 보는 내내 가슴이 조여왔다. 비가 그치고 구조대원들이 지붕 위에 있던 소를 구조하려했지만 소는 꿈쩍도 하지 않았다. 물이 빠질 때까지 어미 소는 꼬박 이틀을 쉬지도 먹지도 못하고 악착같이 버티는 중이었다. 마취총을 쏜 뒤에야 구조된 어미 소는 마취 기운이 풀린 이튿날 새벽에 송아지 쌍둥이를 출산했다. 살아준 것만도 고마운데 쌍둥이까지 출산했다며 주인은 기뻐했다. 물이 축사를 덮쳤을 때 소들은 본능적으로 지붕 위로 올라간 것이다.

하청호 시인의 동시 「누가 가르쳐주었을까」는 우리를 자주 부끄럽게 만든다. 비 오는 날, 연잎에 물이 고이면 고개 숙여 또르르 빗물을 흘려보내고 가질 수 있는 만큼만 남긴다는 내용이다. 움켜쥐려고만 하고 나눌 줄 모르는 욕심쟁이가 생각나는 노래이다. 나는 욕심을 버리라는 메시지보다도 '누가 가르쳐주었을까'라는 말에 끌려서 이 동시를 좋아하게 되었다. 누가 가르쳐주지 않아도 정도를 지키며 생명을 이어가는 자연의 섭리가 경이롭다.

나무는 어떤가. 소슬바람에 단풍잎이 떨어져 길 위에 하늘별을 만들었다. 이제 나무는 빈 가지만 앙상하다. 앙상한 가지, 잎이 지면서 떨켜가 생기는 것은 나무의 영양분 손실을 막기 위해서다. 살기 위한 방책이겠지만 이 또한 신기하다.

누가 가르쳐주었을까. 질퍽한 흙이 싫어 화분 밖으로 뿌리를 내민 산세베리아도 그렇고, 비가 그치고 물이 빠질 때까지 악착같이 지붕 위에서 버텨낸 어미 소도 그렇다. 그리고 영양분 손실을 막기 위해 가지에 돋아난 떨켜까지. 인간을 만물의 영장이라고하지만 생명이 있는 모든 것들은 스스로 살아가는 법을 본능으로 알고 있었다. 자연의 움직임에 감탄이 절로 난다.

완두콩 까는 노파

아침나절 동네 쉼터는 언제나 조용하다. 나는 공원에 가지 않을 때면 쉼터로 가 그곳 운동기구를 이용해 30여 분 가볍게 몸을 푼다. 운동을 하면서 주변을 둘러보기도 하고 콧노래를 부르기도 한다. 내가 이용하는 '활 돌리기'는 최근 들어 좋아하게 된 운동기구이다.

오늘 아침에도 나는 다른 운동기구로 몸을 푼 후 활 돌리기를 집중적으로 하고 있었다. 저만치 맞은편으로 쉼터 가장자리에 놓인 벤치를 등지고 앉아 노파 둘이 완두콩을 까고 있었다. 나는 그들의 움직임을 보면서 호흡에 맞춰 활 돌리기를 하였다. 노인들은 콩을 까고 나는 양팔을 좌우로 한번씩 번갈아가며 원을 크게 돌렸다.

왼편 노파는 낮은 종이박스 위에 스티로폼을 올려놓고 다리를 쭉 뻗고 앉았다. 그는 완두콩 망태에서 콩 꼬투리를 덜어 작은 비닐봉지에 담은 후 그 속에 양손을 넣고 기계처럼 콩을 깠다. 가끔 수북해진 봉지에서 콩 껍질만 꺼내 검은 비닐봉지에 옮겨 담았다.

오른쪽 노파 뒤로 고급스런 운동화 한 켤레가 정물화처럼 놓여 있었다. 그 노파는 콩을 까서 껍질을 원래 모양대로 맞붙이고는 앉은자리 옆 바닥에 착착 쌓았다. 한 뼘 높이로 쌓아올린 콩 껍질을 가끔 다독이는데 그 모습이 예사로 보이지 않았다. 마치 어린아이가 장난감 블록을 정성껏 쌓아가는 것처럼, 노파의 표정은 진지하기까지 했다. 어차피 버릴 껍질인데 각을 세우며 쌓는 이유는 뭘까 궁금했다. 왼쪽 노파보다 속도도 느리고 까놓은 콩알의 양도 훨씬 적었다.

노파 둘이 고개를 푹 숙이고 콩 까는 모습이 명화 속 그림 같았다. 나이들어 한 동작을 오래하면 좋지 않을 텐데 생각하며 '양팔 로프 당기기'를 하기 위해 옆자리로 옮겨가려던 참이었다. 장년의 남자가 불쑥 다가와 오른편 할머니 앞에 쪼그리고 앉았다.

"마늘이 참 크고 좋은데, 까주실 수 있어요?"

할머니는 남자를 흘깃 쳐다보다가 다시 손놀림을 계속했다.

"오늘은 손이 아파서 더는 못해요. 이것만 깔 거예요. 마늘은 내일 할게요."

남자는 근처 음식점 사장이었다. 그는 할머니 말에 두말없이 일어섰다.

노파들이 까는 완두콩은 십여 미터 떨어진 채소가게의 것이었다. 콩 한 망 까는데 2천 원, 마늘 한 접 까주면 8천 원을 받는단다. 처음에는 우두커니 앉아 있는 게 싫어서 시작한 건데 하다보니 계속하고 있다며 가끔 쪽파와 총각무도 다듬어준다고 했다. 안 하던 일이라 손바닥이 아팠는데 피부가 한차례 벗겨진 후로는 괜찮다고 자신의 손을 내려다보았다. 노파는 용돈을 벌고, 워킹맘과 일이 손에 익지 않은 주부들은 도움을 받는, 바람직한 이웃문화라는 생각이 들었다.

며칠 전, 코로나를 핑계로 미루기만 했던 초등학교 친구들과 3년 만에 모임을 가졌다. 그 친구들과는 다달이 만나면서 일 년에 한두 번 콘도에도 가고 가까운 동남아 여행도 하는 사이이다. 사방 흩어져 사는 우리는 교통이 좋은 지하철 충무로역에서 12시에 만났다. 안산에 사는 친구는 오랜만의 외출에 아들이 모임 장소까지 엄마를 모셔오고 근처 카페에서 기다렸다가 다시 모셔갈 거라고 했다.

3년 만에 만난 친구들. 그새 한 명은 다른 세상으로 갔고, H는 요양병원에 있다. 자세도 곧고 또랑또랑한 목소리로 '똑소리' 났던 그가 요양원으로 갔다는 건 믿기지 않았다. 또 한 친구는 다리가 아파 잘 걷지 못해서, 그리고 다른 친구는 살짝 치매기가 있어 참석을 못했다. 이래저래 12명 중 8명이 모였다. 모임을 마치고 집에 와서 불참한 친구 S에게 전화를 걸었다. 꼭 보고 싶었는데 보이지 않아 자리를 뜰 때까지 서운했다.

"누가 데리러 온다면 몰라도 혼자서는 이제 지하철도 못 타."

S의 말에 나는 화가 났다. '한글 몰라? 전에는 지하철도 잘 타고

다녔으면서'라고 말하려다가 꿀꺽, 그 말을 삼켜버렸다. 우리 나이가 되면 그 정도의 변화쯤 아무것도 아니다. 더 큰 변화도 그러려니 받아들일 수 있어야 한다.

나이들면 아픈 곳도 많아지고 생활반경도 좁아진다. 모임을 하게 되면 친구들 수는 점점 줄어든다. 종착섬이 언덕 하나 너머일지, 산 너머 저 멀리일지 아무도 모른다. 또 그게 내일, 혹은 3년 후가 될지도 알 수 없다. 언제부턴가 나는 하루의 선택을 신중하게 한다. 불투명한 미래보다 확실한 오늘이 소중하다는 생각도 든다. 그러니 한시도 허투루 보내기 아깝다.

콩 꼬투리가 든 비닐봉지 속에 두 손을 넣고 재빠르게 콩을 까는 노파와 콩 껍질을 블록처럼 쌓아올리며 다독이던 노파의 철학을 읽는다. 두 사람의 행동에서 각자가 살아온 방식과 그들이 살아가는 방법을 짐작한다.

삶이란 풀밭을 지나가는 조그마한 그늘처럼 해가 지면 해를 따라 사라지는 것. 어제보다 더 소중한 오늘을 차분하게 천천히 걸어갈 따름이다.

숟가락 이야기

수저를 삶으려고 싱크대 위에 몽땅 꺼내놓았다. 그래봤자 생김새가 제각각인 스테인리스 수저 네 벌과 은수저 한 벌뿐이다. 그런데 은숟가락이 보이지 않는다. 달랑 젓가락 두 개뿐이다. 티스푼과 포크를 담아두는 통에도 없었다. 혹시나 하고 열어본 싱크대 서랍에도 보이지 않았다.

된장을 뜰 때나 양념장을 만들 때 쓰는 투박한 숟가락 말고는 아무거나 손에 잡히는 대로 꺼내들고 밥을 먹는다. 누구는 한 끼를 먹어도 비주얼을 따져가며 진수성찬을 차린다지만 나는 상차림에 크게 신경쓰지 않는다. 변덕이 날 때면, 노릇하게 구운 조기와 애호박전은 꽃무늬가 있는 하얀 접시에 각각 담고, 나물이나 김치는 예쁜 찬기에 담는다. 바지락 넣고 끓인 된장 뚝배기는 식탁 한가운데서 보글보글, 갓 지은 밥을 살살 퍼담은 도자기 주발 옆에 은수저를 가지런히 놓을 때는 기분이 색다르다.

그나저나 은숟가락은 어디로 간 걸까? 귀신이 곡할 노릇이다. 식구가 따로 없으니 그날이 그날인 우리 집. 변화가 있다면 사흘 전 친구가 왔을 때 중국음식을 배달시킨 일뿐이다. 혹시 음식을 먹고 빈 그릇을 내놓을 때 나무젓가락 등과 같이 딸려 들어간 것은 아닐까? 아무 생각 없이 수거용 비닐봉지에 담아서 내놓았을 수도 있겠다.

헛일 삼아 중국음식점에 찾아갔다. 홀은 한산했다. 카운터에서 사장이 어떻게 오셨냐고 묻는데 때마침 주방 쪽에서 음식을 배달했던 아저씨가 나왔다. 무척 반가웠다. 그는 나를 흘깃 쳐다보았다. 나는 우리 집 은숟가락을 설명했고 그는 바로 주방으로 들어가 숟가락 하나를 가지고 나왔다. 그렇잖아도 버릴까 하다가 혹시 몰라 보관했다고 했다. 사장도 여러 집에 음식을 배달하다보니 어느 집 것인지 몰라 보관해두었다고 한마디 거들었다. 나는 숟가락을 들고 나오며 그날 음식이 맛있었다고 고마운 마음을 전했다. 일부러 찾아가길 잘했다는 생각이 들었다.

나와 몇십 년을 함께 한 숟가락이다. 만일 젓가락만 남았다면 어쩔 뻔했나. 남들에겐 별 것 아닐 수 있는 숟가락 한 개가 내겐 이토록 특별한 물건이었다니. 집으로 오는 발걸음까지 가벼웠다.

시댁에는 달챙이 놋숟가락 두 개가 있었다. 시어머니 새색시 때부터 있었다고 하니 몇십 년은 되었을 거다. 얼마나 많이 사용했으면 저렇게 닳아서 얇아졌을까 신기했다. 요즘엔 과도나 필러Peeler

로 감자껍질을 벗기지만, 그때는 대부분 달챙이 숟가락으로 벗겼다. 그것으로 벗기면 껍질이 잘 벗겨지고 허실이 없었다.

주방에는 언제 샀는지 기억도 나지 않는 도구가 있고, '내가 이걸 왜 샀지?' 자문할 때도 많다. 숟가락처럼 자리를 차지하지 않고 손쉽고 만만한 게 또 있을까. 국이나 찌개 간을 볼 때, 찐 감자나 두부를 으깰 때, 프라이팬에 기름을 두를 때나 부침개를 뒤집을 때도 쓰고 그밖에, 한옥 작은 방 문고리에 꽂아두는 걸쇠 역할도 한다.

P는 딸과 가까이 살고 있다. 가끔 찾아오는 중2 외손자와 초등학교 1학년 외손녀는 할머니집에서는 밥을 먹으려고 하지 않았다. 엄마의 밥상과 달리 잡곡밥에 나물, 김치, 된장찌개 등 건건찝질한 반찬 때문이었다. 궁리 끝에 P는 손주들이 다니러온 어느 날, 장롱 서랍에서 비장의 비단 꽃주머니를 꺼냈다. 주머니를 열자 눈부신 빛을 내며 금수저 두 벌이 나왔다. 아이들 눈이 휘둥그레졌다. 드디어 그녀의 작전은 성공했다. P는 손주들 밥상을 차리면서 신바람이 났다. 아이들 식사가 끝나면 수저를 깨끗이 닦아 다시 꽃주머니에 넣어 서랍에 보관했다.

어렸을 때 들은 이야기이다. 한국전쟁이 끝나고 미처 북으로 퇴각하지 못한 사람들은 깊은 산속으로 숨어들었다. 그들을 빨치산이라고 했는데 낮에는 산속에서 지내다가 밤이면 동네로 내려와 가축과 곡식을 약탈했다. 그들이 몸에 분신처럼 지니고 다닌 것이 있었다. 짧은 숟가락이다. 숟가락을 손에 쥘 만큼 짧게 잘라서 허리춤에 끼고 살았는데 그것이 빨치산의 신분증이었다. 생존을 위해서 숟가락은 그들에게 필수품이었다.

동물 중에 사람만이 유일하게 수저를 사용한다. 돌 지난 아기가 무럭무럭 자라면서 서둘게 시작한 숟가락질은 평생으로 이어진다. 대부분의 사람들은 일생 동안 세 번 자기만의 수저를 갖는다. 아기 때는 혹시 목구멍을 찌를까봐 끝이 넓적한 아기 수저를 쓰다가 여남은 살이 되면 어른 수저 모양으로 바뀐다. 그러다가 결혼하면 혼수로 마련한 수저를 사용한다.

우리의 생활에서 수저에 빗대어 표현하는 말이 있다. 밥술이나 먹게 생겼다느니 밥술을 놓았다는 등. 그 집 수저가 몇인지 안다는 말은 그 집 식구가 몇 사람인지부터 집안 형편을 속속들이 안다는 뜻이다. 그밖에 마음이 훈훈해지는 내용이 있다. 십시일반十匙一飯, 밥 열 술이 한 그릇이 된다는 뜻으로 힘을 합하면 한 사람을 돕기 쉽다는 말이다. 또 수저 하나 더 놓으면 된다는 말은 함께 나눈다는 뜻이다. 서먹하던 사람도 마주 앉아 밥을 같이 먹으면서 흉허물이 없어지고 가까워진다. 그만큼 밥은 우리 정서와 떼려야 뗄 수 없는 음식이고 거기에는 어김없이 수저가 있었다.

집에 오자마자 천에 치약을 묻혀 숟가락과 젓가락을 꼼꼼히 닦았다. 거무스레한 수저가 하얗게 은빛을 내자 다홍색 쌍 희囍 자字가 손잡이 끝부분에서 살며시 모습을 드러냈다. 늘 그 자리에 있어 있는 듯 없는 듯 지냈던 은수저, 나는 잘 닦인 은숟가락 하나를 들고, 어쩌면 이것이 '나'일 수도 있다는 생각이 들었다.

식탁 위에 은수저를 반듯하게 올려놓는다. 일평생 앞만 보고 달려온 '내'가 거기 반짝이는 눈빛으로 '나'를 올려다보고 있다.

코타키나발루에서

코타키나발루 밤하늘에는 별꽃이 가득했다. 별빛을 받으며 반딧불이 투어에 나섰다. 강어귀에서 목선 한 척이 우리를 맞아주었다. 뱃사람이 손전등을 켜고 우리를 안내했다. 모두들 조심스럽게 목선에 올랐다. 중앙의 좁은 통로 좌우로 다섯 개씩 줄지은 좌석에 동생과 나는 왼편 둘째 줄에 앉았다. 차츰 어둠에 익어갈 즈음, 마치 우리를 기다리고 있었던 것처럼 반딧불이가 한 마리 두 마리 날아들었다. 이곳 반딧불이는 작다더니 얼핏 봐도 어렸을 때 외갓집 마당에서 보았던 반딧불이보다 훨씬 작아보였다.

곤충들은 다양한 방법으로 저마다의 사랑을 고백한다. 나방은 암컷이 향내를 풍기며 수컷의 관심을 끌고, 매미는 수컷이 노래를 부름으로 암컷을 유혹한다. 그런가 하면 반딧불이는 빛으로 사랑을 전한다. 몸의 꽁무니에서 보통 2초에 한번씩 빛을 깜빡이는데, 수컷이 짝을 찾을 때는 깜빡거림이 길고 더 밝은 빛을 내면서 부드럽게 날아다닌다. 그 빛을 보고 암컷이 찾아온다고 한다.

반딧불이가 내 머리에 그리고 손등에 날아와 앉았다. 손등에 앉은 반딧불이를 조심스럽게 두 손을 모아 가두자 손가락 사이로 빠져나온 빛이 작은 호롱불이 되었다. 형언키 어려운 신비감에 젖으며 내 입에선 저절로 기도가 새어나왔다. 옆에 앉은 동생도 반딧불로 된 호롱불을 보면서 아들 이름을 부르며 속삭였다. 앞뒤 좌우 누구라 할 것 없이 약속이나 한 듯 반딧불로 만든 호롱불을 들여다보며 기도를 했다. 작정하고 그런 것은 아니었는데 우리 모두는 동심으로 돌아가 반딧불이와 하나가 되었다. 지극히 짧은 순간이었다.

배가 곧 출발한다는 안내자의 나직한 음성은 자리에서 일어나지 말 것과 조용히 할 것을 당부하는 신호였다. 잠시 후 그가 하라는 대로 우리는 착한 아이들이 되어 배와 함께 움직였다. 호롱불 손가락을 펼치니 반딧불이는 일제히 사방으로 날아갔다.

승객 60명을 태운 목선은 어디쯤에서 뱃머리의 엔진을 멈추고 조용히 물 위를 미끄러지듯 흘러갔다. 좁은 강폭의 물길을 따라 굽이굽이 휘돌면서 빠르게 물살을 빠져나갔다. 정적 속에서 그렇게 흘러가던 배가 시멘트로 만든 희뿌연 작은 다리 밑을 지날 즈음이다. 안내인이 전등 불빛을 비추자 다리 밑으로 작은 제비집들이 매달려 있었다. 제비들은 다리 밑에 둥지를 틀고 가까운 바다에서 해초를 물어다 새끼에게 먹였다. 연와燕窩라고 불리는 바다제비집은 제비가 분비한 타액과 깃털 등으로 만들었다.

중국 최고의 요리 중 하나인 연와 요리가 있다. 제비집을 물에 불린 후 깃털만 핀셋으로 골라내는데, 제비의 타액으로 인해 젤리 상태가 된 깃털이 수프의 재료로 쓰인다고 한다. 제비집 하나에서 골라낸 깃털은 많아야 5g 정도라는데 여러 개의 제비집에서 골라낸 깃털로 만든 고가의 연와 요리는 단백질과 아미노산이 풍부하다고 한다. 인간의 먹거리를 향한 욕망에 고개가 절로 저어졌다.

떠가는 배 왼편 물가에 빨간 불빛 두 개가 보였다. 누군가 '악어의 눈'이라고 소곤댔다. 물속에 있던 악어가 물 위로 머리를 내민 것이었다. 겁도 났지만 이제 곧 '반딧불 트리'를 보게 된다는 말에 모두 숨을 죽였다. 왼편 물가 가장자리에 보석처럼 반짝이는 반딧불 트리가 드디어 모습을 드러냈다. 마치 크리스마스트리 같기도 한 반짝이는 한 그루의 보석나무였다. 달이 밝은 밤이나 비가 오는 날에는 반딧불을 볼 수 없는데, 그믐밤에 아름다운 반딧불 나무를 본 것은 우리들만의 행운이었다. 윤동주(1917-1945) 시인의 동시 「반딧불」이 생각났다.

가자 가자 가자/ 숲으로 가자
달조각을 주우러/ 숲으로 가자

그믐밤 반딧불은
부서진 달조각,

가자 가자 가자/ 숲으로 가자
달조각을 주우러/ 숲으로 가자

시인은 그믐밤 반딧불을 '부서진 달 조각'이라며 부서진 달 조각을 주우러 숲으로 가자고 노래했다. 그러고 보면 우리도 별이 총총한 그믐밤에 부서진 달 조각을 주우러 강으로 갔다. 목선을 타고 좁은 강폭 굽이굽이 물길 따라 거기, 물가 숲에서 숨죽이며 아름답게 반짝이는 부서진 달 조각을 한아름 주워 담았다.

이튿날은 배를 타고 가까운 바다 맹그로브나무 군락지에 가기로 했다. 맹그로브나무는 물속 10m 깊이의 진흙땅에 뿌리를 내린다. 그곳은 물고기들의 쉼터이며 게와 새우들의 산란장이기도 하다. 산소를 많이 배출하고 큰 파도가 일면 방파제 역할을 하며 시멘트 파일Pile과 같이 바다의 사방공사용으로도 이용된다고 한다. 바다에서도 육지에서도 산다는 나무, 맹그로브나무가 보고 싶었다.

통통배를 타고 20여 분쯤 가자 맹그로브나무 군락지가 나타났다. 물빛은 맹그로브나무 수액으로 인해 불그레했다. 가이드가 팔을 뻗어 나뭇가지 하나를 떼어내더니 애기나무라고 했다. 도토리처럼 둥근 윗부분은 애기집이고, 70㎝쯤 되는 가늘고 긴 초록색 줄기 뾰족한 끝에 듬성듬성 잔뿌리가 있었다. 애기나무가 육지를 만나면 어미나무에서 떨어져 나와 흙 속에 뿌리를 내린다고 한다. 그들의 생이 신비로웠다.

새삼 이곳 사람들이 부러워졌다. 조금 불편하긴 해도 인간은 자연과 함께할 때 행복을 느낀다. 문명의 혜택을 더디게 받으면 어떤가, 아니 받지 않으면 또 어떤가. 많지 않은 감성조차 메말라가는 요즘, 가끔은 예전으로 돌아가 너른 초록 벌판 위를 맨발로 천천히 걸어보고 싶었다.

바다나 육지 어느 곳에서도 생존하는 맹그로브나무처럼, 어떤 처지나 역경에서도 견뎌내는 강한 사람이 되고 싶다.

'부서진 달 조각'을 줍던 3년 전 그믐밤이 그리워지는 시간이다.

훈민정음 윷놀이

지방에 사는 딸이 내 생일을 맞아 자기 집에 초대했다. 아들 가족도 함께했다. 미국에서 공부 중인 큰 외손자와 손자가 불참해 그들 빼고 모두 일곱이 모였다. 주변 명소를 들러 산책도 하고 맛집에서 맛난 음식을 먹으며 딸이 계획한 2박 3일을 즐겁게 보냈다.

그 중 하루는 거실에 빙 둘러앉아 윷놀이를 했다. 언젠가 티브이에서 보았던 '훈민정음 윷놀이'였다. 윷놀이 규칙은 놀이를 하는 중에 우리말만 해야 한다. 외국어를 쓰면 그 벌로 말판에 있는 말 하나를 내려놓는다.

아들은 윷놀이 준비를 잘해왔다. 종이에 그린 말판을 철판에 붙여서 보면대 위에 올려놓았다. 말판을 세워놓으니 잘 보였다. 말은 노랑과 검정색 플라스틱을 바둑알처럼 동그랗게 잘라서 뒤에 자석을 붙였다. 온 가족이 둘러앉아 손바닥을 앞으로 내밀어 위와 아래를 같게 내는 사람들로 편을 갈랐다. 나랑 외손자와 손녀가 한편이 되었다. 심판을 맡은 사위가 노랑말 4개와 검정말 4개를 말판 아래쪽 홈에 두었다. 윷놀이가 시작되자 모두가 '파이팅'을 외쳤다. 첫 번째 사용한 영어였다. 하지만 말판에 말[馬]이 없어서 괜찮았다.

크지도 작지도 않은, 손에 쏙 들어오는 반들반들한 박달나무 윷가락 네 개. 그것들이 부딪히며 윷놀이가 시작되었다. 윷판에 떨어지는 낭랑한 소리는 윷판을 오가는 무성한 말[言]과 아름답게 뒤섞였다. 상대편이 모나 윷이 나면 윷을 더 높이 던지라고 하고, 조금이라도 요령을 부린다 싶으면 규칙을 다시 알려주었다. 윷을 던지면서 "걸어가자 떡 사줄게"라는 등 평소에 말이 없던 사람도 흥을 돋우며 윷가락 던지듯 한마디씩 툭 툭 던지는 것이 영락없는 전통 윷놀이와 다르지 않았다.

윷놀이의 재미는 뭐니뭐니해도 상대편의 말을 잡는 데 있다. 가족이어도 절대 봐주지 않는다. 인간성 보인다는 협박도 윷판에서는 먹힐 리 없다. 아들은 윷폼도 그럴듯하고 윷도 잘 났다. 손녀는 윷가락을 두 손으로 던져도 윷과 모가 잘 났고, 나는 어떻게 던져도 변함없이 개가 났다. 어떡하면 엄마는 개만 나느냐고 딸아이가 한마디 하자 한바탕 웃음보따리가 터졌지만 나야 말로 답답할 노릇이었다. 한쪽 편만 계속 이기자 상대편을 위해 편을 다시 짰다.

'소도 뒷발질하다가 쥐 잡는다'더니 개만 나던 내가 바짝 꽁무니에 따라붙은 추격자를 뒷도로 잡았다. 그것도 볶은 말을. 나도 모르게 '빽back도!'를 외쳤다. 심판이 묻지도 따지지도 않고 검정말 하나를 매정하게 말판에서 내렸다. 웃음과 한숨이 한동안 뒤엉켰다. 앞서 가는 우리 편 말을 며느리가 도를 내서 잡자 아들은 "도는 맛좋은 도넛donuts"이라며 '도레미송'을 불렀다. 심판은 아무 말 않고 노랑말 하나를 인정사정없이 내렸다. 윷판은 무르익어갔다. 딸이 윷을 높이 던지면서 윷가락 하나가 모포 경계면으로 떨어졌다. 우리 편은 '아웃out', 딸 편은 '인in'을 외쳤다. 심판은 검정과 노랑말 한 개씩을 또 말판에서 내렸다. 그밖에도 '굿Good', '플레이Play', '룰Rule', '팀Team', '오케이Okay' 등 영어가 자연스럽게 튀어나왔다. 알게 모르게 우리가 평소에 영어를 많이 사용한다는 걸 알았다. 의외로 초등학교 때부터 미국에서 공부한 작은 외손자는 영어를 한마디도 사용하지 않았다. 어물쩍 넘어가는 우리와 달리 어려서부터 그쪽 문화에 익숙한 아이가 룰을 받아들이는 것에 익숙한 때문이 아닌가 싶었다.

한 판이 끝나면 만 원씩 묻은 돈을 이긴 편이 반은 가져가고, 반은 떼어서 점심값으로 심판이 보관했다. 돈을 잃으면서도 기분 좋은 일이 또 있을까. 모처럼 가족과 함께 모여 우리 고유의 놀이를 즐긴다는 것이 요즘 보기 드문 일이라 더욱 소중하게 느껴졌다.

'윷놀이는 이기려 하지 말고 즐겨라'라고 하지만 그래도 우리 편이 이기면 더 재미가 있다. 그러고 보니 계절이 오고가듯 돌고 도는 우주의 이치와 세상만사가 말판 안에 다 들어 있다. 말[馬]을 어떻게 쓸 것인지 잠시 망설이는 것처럼 인생 또한 선택의 연속이고 그 과정에 있다. 누구나 여러 갈림길에서 선택하며 자신의 삶을 이어간다. 가만 보니 윷놀이는 새옹지마塞翁之馬이다. 내가 모처럼 윷을 나고 개를 나서 좋아했지만, 뒤이어 상대편이 똑같이 윷을 난 후 개를 나면서 우리 말이 잡히지 않는가. 상대편에게 이길 수 있도록 기회의 발판을 놔준 격이 된 것이다. 쉽고 빠른 길을 원하지만 말 하나 차이로 먼 길로 돌아가고, 지름길로 샀지만 뜻밖의 복병을 만나기도 하는 것이 우리네 삶과 다르지 않았다.

시간이 어떻게 흘렀는지 모르게 지나갔다. 시장기가 돌아 밖으로 나왔다. 식사를 하기 위해 황금들판이 펼쳐진 예당저수지로 가는 길은 우리들의 대화로 꽃이 피었다. 저수지 길목에 있는 어죽집 '산마루가든'에 도착했다. 저수지에서 불어오는 상큼한 바람을 맞으며 줄을 서서 차례를 기다렸다. 평소 같았으면 줄 서는 집 싫다고 다른 집으로 가자고 했을 텐데, 나는 길게 늘어선 줄에 붙어 서서 키가 훤칠한 손자 녀석을 자랑스럽게 올려다보았다. 그리고 우리는 차례가 올 때까지 지치지 않는 이야기를 나누었다.

가족이 함께 모일 수 있다는 것만으로도 즐거운 일인데 같이 윷놀이하며 배고픈 줄 모르고 웃을 수 있다는 것이 소중하게만 느껴졌다. 돌아오는 크리스마스에 다시 윷놀이를 하기로 했다. 서양에서 온 크리스마스에 우리의 전통놀이인 윷놀이라니, 굳이 따질 일은 아니지만 우리의 놀이문화가 이런 식으로라도 생활 속으로 좀 더 가까이 다가왔으면 한다.

운수 좋은 날

일주일 내내 내리던 비가 간밤에서야 그쳤다. 모처럼 날씨가 화창하고 일하기 좋은 날이다. 나는 양식 당번 일개미다. 나와 같은 일개미는 집짓기, 먹이 모으기, 여왕개미 돌보기, 알과 애벌레 보살피기 등의 일을 하므로 늘 분주하게 움직여야 한다. 아침 일찍 일어나 침샘을 이용하여 몸 구석구석을 닦는다. 기분이 절로 상쾌해지면서 무슨 좋은 일이라도 일어날 것만 같은 예감이 든다.

우리는 눈만 뜨면 밖으로 나가 양질의 먹이를 찾아 발품을 팔며 해가 뉘엿뉘엿 질 때에야 집으로 돌아온다. 여름철 뙤약볕에서도 쉬지 않고 일하고 추수철에는 내 몸보다 몇 배나 무거운 알곡도 거뜬히 거두어들인다. 열심히 일한 덕분에 추운 겨울에도 따뜻한 집에서 잘 지낼 수 있다. 이솝(기원전 6세기)이라는 사람은 부지런하고 준비성이 좋은 우리 개미들을 빗대 '오늘 열심히 일하는 사람이 내일 복을 받는다'는 명언을 남겼으며 「개미와 베짱이」라는 우화도 세상에 내놓았다.

우리는 곤충 중에서 뇌가 가장 발달했다. 20세기에 이르러 인간은 우리의 행동을 컴퓨터 네트워크에 응용해 예전의 시스템을 사용할 때보다 일처리 속도를 높였다.

집을 나선 지 얼마나 됐을까, 어느 집 모퉁이를 돌고 있을 때 어디선가 구수한 냄새가 솔솔 풍겨왔다. 그것은 우리 개미들이 좋아하는 먹이인 지렁이였다. 냄새를 따라 열심히 언덕배기로 올라갔다. 지렁이의 기다란 선홍색 몸통은 드문드문 흙이 묻은 채로 길바닥에 납작 눌려 있었다. 집에 물이 차자 땅 밖으로 기어나와서 길을 헤매다가 신새벽 신문배달부에게 밟혔거나 우유배달 아주머니의 바쁜 걸음에 눌렸거나 그것도 아니라면 어느 런닝맨에게 '재수 없이' 짓밟혔을지도 모를 일이다.

남이야 재수가 있든 없든, 장마철에 이 무슨 횡재인가. 흥분으로 내 더듬이가 바르르 떨렸다. 과자부스러기, 죽은 벌레, 하루살이 따위와는 비교도 되지 않는 신선한 고단백 영양덩어리 아닌가. 나는 동료들을 부르기 위해 집을 향해 달렸다. 물론 달리는 동안 길에 냄새를 남기는 걸 잊지 않았다. 발을 뗄 때마다 내 배에서는 페르몬이 분비되고 곧바로 냄새 길이 만들어졌다.

집에 도착했다. 숨을 고르며 입구에서 먹이가 있다는 신호를 더듬이로 톡톡 두들겨 보내자, 땅속에 오밀조밀 모여사는 그들이 우르르 집 밖으로 몰려나왔다. 모두 페르몬 냄새 길을 따라 바쁘게 움직였다. 나란히 길을 가는 우리의 모습을 보면 마치 숫자 3을 가지런히 엎어놓은 것 같다. 333 행진은 골목길을 벗어나 비탈진 언덕까지 이어졌다.

혹시 모를 외부의 적으로부터 먹잇감을 지키기 위해 우리들은 지렁이의 긴 몸을 겹겹이 에워쌌다. 마치 검은 띠와 같으리라.

이 큰 영양덩어리를 어떻게 집까지 운반할까? 우리는 몇몇이서 머리를 맞대고 궁리를 했다. 애면글면 자칫 성급하게 나섰다가는 거대한 지렁이 몸에 그대로 납작 눌릴 수도 있기 때문이었다. 아니면 조심성 없는 어떤 인간에게 한 발에 밟힐 수도 있다. 다행히 지렁이는 갓길에 있고, 아직은 이른 아침이다.

우리 선대가 그랬듯이 동해 덕장에서 바닷바람에 잘 마른 황태나 오징어처럼 보관하기 좋은 영양 만점의 '지렁이 육포肉脯'를 만드는 것 말고는 달리 방법이 없었다. 햇살은 따갑고 바람은 살랑댔다. 아스팔트 포장으로 지열을 받은 언덕길은 따끈따끈했다.

한낮이 지나자 지렁이는 꾸득꾸득하게 마르기 시작했다. 이곳은 사람들의 왕래가 빈번한 골목길이다. 누군가에게 밟힐지도 모를 불안감과 혹여 이 음식을 좋아하는 새들이나 다른 적에게 빼앗길지도 몰라 온종일 마음을 졸였다.

이제 건조된 지렁이 육포를 집으로 운반해야 할 때다. 운반하기 쉽고 식량창고에 보관하기 좋게 알맞은 크기로 잘라야 한다. 평소에 우리는 큰 턱을 이용해 물건을 집어올린다. 그 턱으로 음식을 들어올리고 잎사귀도 간단히 자를 수 있다. 맨 먼저 육포의 얇아진 부분을 샅샅이 찾아내어 잘랐다. 다시 부위별로 나누고 잘라진 조각들을 각자 분담했다. 우리는 서로 맡은 부분을 열심히 자르고 또 잘라내며 일사분란하게 움직였다. 제법 많은 양이 손질되었다. 분업과 협동의 결과이다.

어둑어둑해지는 저녁 시간이 되었다. 우리는 잘라놓은 육포를 메고 '라랄라' 기쁜 마음으로 냄새 길 따라 집으로 향했다. 마음에 평화와 안식이 깃드는 우리 집. 집을 지키던 병정개미의 환호가 우리를 더욱 으쓱하게 한다.

오늘은 운수가 좋은 날이었다.

제3장
재가 되다

저무는 숲속에서

어느 일요일, 점심을 간단히 챙겨먹고 아들이 운전해주는 차로 예산에 사는 딸네 집으로 왔다. 자주 오는 곳이지만 딸을 만나러 오는 길은 언제라도 즐겁다. 오후 4시가 조금 안 된 시간에 식구들이 모였고 우리는 근처 경치가 좋은 야외로 드라이브 길에 나섰다. 탁 트인 황금빛 들판을 지나 예당호禮唐湖에 도착했다.

예당호는 충남 유수의 저수지로 예산군과 당진시에 펼쳐 있는 예당평야에 물을 대기 위해 예당수리조합의 주관으로 1963년에 완공되었다. 낚시터로도 잘 알려진 이곳은 붕어와 배스 등 민물고기가 많이 잡혀 낚시꾼들이 즐겨찾는 곳이다. 아들은 저수지에서 잡은 물고기로 만든 어죽魚粥이 일미라며, 예산에 오면 저수지 길목에 있는 '산마루가든'에 들러서 어죽 한 그릇을 꼭 먹는다고 했다.

왼편으로 출렁다리가 길게 걸쳐보였다. 2018년에 예당호에 만든 다리인데 사람들이 다리를 건널 때 출렁인다고 하여 붙여진 이름이다. 야경이 아름다워 예산지방 명소 중 하나가 되었다.

갈림길이 나왔을 때 그곳에서 걸음을 멈추었다. 사위는 출렁다리가 좋을까, 오른편 호숫가 산책로가 좋을까를 내게 물었다. 내가 호숫가가 좋다고 하자 다들 호숫가 길로 접어들었다.

산책로 초입에는 물 위로 떠 있는 낚시터 좌대가 몇 개 보였다. 푸르른 호수를 끼고 걷는 길은 완만하고 아늑했다. 인적이 없는 우리만의 길이라고 해도 좋았다. 언제까지라도 걸을 수 있을 것만 같았다. 사위는 틈이 날 때면 산책삼아 이 길을 걷는다고 했다. 나도 가까이 산다면 일삼아 매일이라도 걸을 것 같은 매력 넘치는 길이었다. 사위랑 나는 자연스럽게 손을 잡고 앞장서서 걸었다. 경치가 좋으니 아무런 말이 필요 없었다. 딸과 아들 내외 손자 손녀가 우리 뒤를 따랐다. 나는 이런 것이 행복이라고 생각했다.

숲은 한층 고즈넉했다. 울울창창鬱鬱蒼蒼, 하늘 향해 몸을 키우는 소나무들. 덩달아 우리도 하늘 향해 양팔을 힘차게 올려뻗으며 솔향을 깊이 들이마셨다. 가느다란 길이 나 있는 솔숲 맞은편에서 젊은 연인 한 쌍이 걸어왔다. 다정한 연인들을 보면 그저 좋아보인다. 사위와 나는 몸을 붙여 그들에게 길을 비켜주었다.

깊고 짙푸른 물가에 뿌리를 내리고 비스듬히 서 있는 소나무. 수령이 꽤 됨직한 아름드리 노송 앞에서 걸음을 멈추었다. 굽은 둥치와 곡선으로 뻗은 나뭇가지들은 대리석 조각처럼 아름답다. 흡사 살아서 움직이는 '무엇'과도 같았다. 조심스럽게 다가가 손으로 만져보았다. 보기와 달리 까칠까칠하다. '용龍!' 언젠가 화첩에서 보았던 그 용이 생생하게 떠올랐다. 뿔과 귀 그리고 네 개의 발, 물안개 자욱한 깊은 호수에서 몸통을 비틀고 꼬리를 튀기며 하늘을 찢던 비늘 돋친 용이 분명했다.

저만치 저녁 해가 산을 넘으면서 하늘가엔 해넘이의 마지막 인사처럼 노을이 번졌다. 사방이 서서히 어둑해지는가 싶더니 어느 결에 검푸른 물속에 빨간 해가 잠겼다. 지극히 짧은 순간이었다. 일본 어느 시인의 단시短詩가 떠올랐다.

단풍 띄워놓고 물가에서 노니는데
아!
핏빛 바다에 몸 던지는 태양.

몇 걸음 더 가면 큰길이었다. 우리는 약속처럼 발길을 돌렸다.
숲은 그새 어둠이 엷게 물들고 있었다.

재가 되다

입관실入棺室은 조명이 흐리고 한기가 돌았다. 두 명의 염습사殮襲士가 서 있는 유리문 안쪽으로 한복을 입은 언니가 침상 위에 반듯하게 누워 있었다.

"망자의 마지막 가는 길을 배웅하십시오."

염습사가 우리를 향해 나지막하게 말해주었다.

언니의 아들 삼형제와 손주들, 나와 며느리들이 한 줄로 서서 유리문 안으로 들어가 언니를 향해 둘러섰다. 눈에 익은 연분홍 저고리와 옅은 청회색 치마는 언니의 고교 동창이자 한복연구가인 이리자 선생의 작품으로 집안 행사 때면 언니는 그 한복을 즐겨 입었다. 그 옷을 입으면 언니의 모습은 한층 더 우아했다. 나중에 당신 죽으면 그 한복을 입혀달라고 자식에게 유언할 정도로 언니가 좋아하는 옷이었다.

"어머니는 이미 하늘나라에 가셨고, 이제 남은 육신을 좋은 마음으로 보내드리면 좋겠어요."

언니 머리맡에 서 있던 큰조카였다.

나는 차디찬 언니의 얼굴을 쓰다듬었다. 하염없이 눈물이 흘러내렸다. 왜 사람은 지난 시간을 두고 아쉬워하는가. 언니한테 좀 더 잘해주지 못한 시간들이 눈물에 젖어 흘렀다. 눈물을 닦고서 보니 무언가 이상했다. 염습사가 언니에게 치마를 뒤집어 입힌 것이다. 나는 조심스럽게 입을 뗐다.

"좋아하는 옷인데 바르게 입혀드리면 좋겠어요."

그제야 치마 안팎이 바뀐 걸 모두가 알게 되었다.

"옷상자에 넣어 온 그대로 입혀드렸네요. 다시 입혀드리겠습니다."

염습사는 미안해했다. 우리는 입관실 밖으로 나갔다.

20여 분 후, 핑크색 저고리에 고운 청회색 예쁜 치마를 입은 언니는 누가 봐도 어색한 꽃버선을 신고 있었다. 염습사에 의해 언니는 하얀 천으로 얼굴이 가려졌다. 이제 언니의 모습은 하얀 천에 싸여 길쭉한 형체만 남았다.

장례사는 관 뚜껑을 열었다. 관 바닥에는 색색의 예쁜 꽃들이 깔려 있었다. 꽃을 좋아하는 어머니를 생각하는 큰아들의 배려였다. 꽃 위에 언니를 눕혔다. 관 뚜껑이 닫히고 그 위로 '진주晋州 유柳 씨'라는 한자가 쓰여 있는 붉은 천이 덮였다.

병원 영안실을 벗어난 영구차 뒤로 장의버스가 뒤따랐다. 벽제

승화원으로 가는 길이었다. 비가 내렸다. 슬픈 날에는 어김없이 비가 내리는지 모를 일이었다. 나는 흔들리는 버스 안에서 언제 그칠지 모를 비를 망연히 바라보았다. 언니의 일생이 하나둘 주마등처럼 스쳐지나갔다.

나보다 네 살 많은 언니는 어려서부터 큰 사람 역할을 척척 해냈다. 한국전쟁을 치른 후 엄마의 건강이 나빠지자, 언니는 대학 진학을 망설임 없이 포기했다. 어미닭이 병아리를 품듯 어린 동생들을 보살폈다. 언니가 결혼한 후에도 우리는 엄마처럼 언니한테 의지했다. 중년에 예기치 못한 복병을 만나 휘청대는 나를 언니는 시댁 식구들과 같이 사는 집으로 데리고 들어갔다. 나는 그때 언니를 의지하며 씩씩하게 다시 일어설 수 있었다.

작년 추석 무렵, 폐렴으로 병원에 입원한 언니는 회복하지 못한 채 요양병원으로 옮겨져 열 달을 지냈다. 나는 틈만 나면 언니를 만나러 그곳으로 갔고 못 가는 날은 언니가 걱정되면서 괴로웠다. 나에게는 언니가 여전히 엄마였기 때문이다.

언니를 휠체어에 태우고 밖으로 나간 봄날, 화분에 핀 베고니아를 보고 언니는 무척 좋아했다. 나는 언니가 베고니아 꽃을 좋아하는 걸 그때 처음 알았다. 우리는 베고니아 옆에서 시간가는 줄 모르고 이야기를 했다.

등단하고 뒤늦게 나는 첫 수필집을 냈다. 아이들과 친구들이 그냥 넘기기에는 서운하다 하여 생일을 겸해 출판기념회를 조촐하게 치렀다. 평소 내가 아끼는 사람들이 다 왔는데 그 자리에 언니가 없어서 그 시간이 참 힘들었다. 다음날 아침, 식사를 마치자마자 수필집 한 권과 언니가 좋아하는 케이크를 들고 병원으로 갔다. 언니는 평소 맛있어하던 케이크를 먹지도 못했다. 나는 언니에게 책을 보여드렸다. "장미가 쏟아지는 밤, 아이구, 제목이 참 좋다. 글 쓴다더니 애 많이 썼네."

언니는 한 손으로 책을 쓰다듬으며 힘없는 목소리로 칭찬해주었다. 침상에 비스듬히 누워 동생이 대견하다는 듯 자꾸만 올려다보았다. 그러더니 얼마 후 몸이 배긴다면서 얼굴을 찡그렸다. 한 자세로 오래 누운 것 같아 안아서 자세를 바꿔드렸다.

"같이 시간 보내줘서 고맙다."

그 말은 신음소리에 가까웠다. 나는 언니의 죽음을 예감했다. 내가 병원에 다녀간 이틀 후, 자가호흡이 되지 않아서 중환자실로 옮겨졌고 그곳에서 이십여 일 만에 돌아가셨다.

두 시간 만에 화장이 끝났다. 한 사람의 일평생이 잠깐 동안 정리되었다.

마스크를 한 젊은 화공은 능숙한 솜씨로 한 줌 재를 한지에 싸서 백자항아리에 넣은 후 뚜껑을 닫았다. 언니는 결국 한 줌 재로 남았다.

승화원을 출발한 장의차는 빗속을 달려서 송추 공원묘지에 도착했다. 장례사가 차 안에서 나누어준 비닐 우비를 입고 지그재그로

된 가파른 계단을 올랐다. 살아온 세월과 살아야 할 나머지 시간들이 일시에 출렁였다. 우리가 올라온 길을 내려다보니 갑자기 현기증이 일었다. 되도록 눈에 힘을 주며 조심조심 발을 내디뎠다.

가족묘家族墓는 직사각형의 대리석 상판 밑으로 작은 유리문이 있고 그 속에는 이미 항아리 한 개가 놓여 있었다. 십여 년 전에 돌아가신 형부의 재가 담긴 항아리다. 그 옆 빈자리에 언니를 모셨다.

문득 인생은 아무것도 아니라는 생각이 들었다. 언니의 생도 나의 생도 모양만 다를 뿐 결국은 같은 것이었다. 우리의 삶이 한 장의 사진처럼 정지되어 보였다. 이 세상은 다음 세상으로 가는 임시 거처일 뿐인데 우리는 무엇을 위해 그리도 아등바등하며 살았는지 모르겠다.

겨울비는 추적추적 온종일 내렸다.

운명이 있는 걸까?

살며시 6월이 한걸음 다가오면 B는 대전 국립현충원으로 간다. 참배객이 넘쳐나는 현충일을 피해 그곳에 잠든 아들과 오붓한 시간을 보낸다. 화장기 없는 그녀는 들고 간 꽃을 한 송이 두 송이 꽃병에 꽂아놓고, 아들 이름이 새겨진 비석을 손바닥으로 쓰다듬었다. 먼지와 얼룩을 수건으로 찬찬히 닦고 또 닦으며 그는 아들과 그동안 밀린 이야기를 나누다 온다.

어렸을 때 말썽 한번 부린 적 없는 착한 아들이다. 초등학교 때부터 대학까지 16년을 열심히 공부했고 군 복무까지 마친 아들은 청운의 꿈도 펼치지 못한 채 불의의 사고로 어느 날 갑자기 떠났다. 그 아들의 죽음이 억울해서 그녀의 속은 새까맣게 탔으리라.

오십 후반에 B를 다시 만났을 때, 전과 달리 낯설었다. 회색빛 표정이 영 마음쓰였는데 그녀의 아픔을 뒤늦게야 알았다.

B는 부여여중 1학년 때 서너 달을 함께 공부했던 나의 급우다. 그는 충남 부여군 장암면에서 부여읍 내까지 통학을 했다. 매일 새벽같이 일어나 이른 아침을 먹고 십 리 길을 걸어서 규암 선착장에 도착해 배를 타고 백마강을 건넜다. 백사장에서도 다시 오 리를 걸어 학교에 가면 그의 눈썹과 머리는 땀인지 이슬인지 모르게 축축했다. 장마가 져서 배가 뜨지 않아 되짚어 집으로 갈 때 말고는, 삼 십 리 길을 걸어서 학교에 다니며 결석 지각 한번 하지 않았다. 그때도 지금처럼 그는 말이 별로 없었고, 나와도 가깝게 지내지 못했다.

B가 학교를 졸업하고 부모님 슬하에서 지낼 때였다. 하루는 지나가던 스님이 그의 집 마당에 들어서며 B의 얼굴을 유심히 보더니 복이 많은 얼굴이라며 평생 밥걱정은 하지 않겠다고 하고는, 얼굴에 있는 주근깨도 빼지 말라고 했다.

그녀가 스물세 살 된 어느 봄날, 집에 중매쟁이가 찾아왔다. 신랑감은 스물여덟에 청상이 된 어머니와 사는 외아들로 B보다 네 살 더 많은 이웃 동네 총각이었다. B의 어머니는 외아들에 홀시어머니라는 말을 듣고 단번에 그 제안을 거절했다. 반년쯤 지났을까, B의 집 앞마당 감이 붉게 익어갈 무렵, 그 중매쟁이가 다시 찾아왔다. 놓치기 아까운 자리니 한번 만나라도 보라는 것이었다. 중매쟁이의 간곡한 청에 마지못해 맞선을 보게 되었다. 연분이 되려고 그랬을까, 대화 중 B의 마음이 신랑감에게 끌리고 있었다. B의 어머니는 딸이 아까워 못내 탐탁지 않았지만 신랑 자리의 인품이 마음에 들어 혼인을 허락했다.

그때는 점을 많이 보던 시절이었다. 어머니는 점집에 가서 신랑 자리가 어떤지 물어보았다. 사람은 다시 없는데 명을 짧게 타고났다며 몸에 흉터가 있으면 명을 이을 수 있으니 찾아보라고 했단다.

B의 남편은 네댓 살쯤 되었을 때, 얼굴에 화상을 입은 적이 있었다. 화로에 인두를 꽂아놓고 바느질을 하던 엄마가 인두가 데워졌는지 볼 가까이에 대보면서 다림질을 했는데, 밖에서 놀던 아이가 들어와 느닷없이 엄마 흉내를 내면서 그만 인두를 볼에 갖다댄 것이었다. 화상약도 없었고 병원도 없는 시골이었다. 엄마는 민간요법으로 어떻게든 고쳐보려 했지만 오히려 상처가 덧나 흉터만 커졌다. 다행히 성인이 되어 성형수술로 흉터는 감쪽같이 없앨 수 있었다.

B는 홀시어머니를 모시면서 성실한 남편과의 사이에 3남매를 낳아 남부럽지 않게 살았다. 살림을 도와주는 시어머니가 있어 수월했다. 어떤 실수를 해도 어머니는 '왜 이랬니'라는 말 한번 하지 않았다. 출판사를 운영하는 남편은 착하고 가정적인 남자였다. 그는 밤낮없이 일을 하다가 오십 중반에 갑자기 쓰러져 병원에 입원했다. 수술을 마친 남편은 다행히도 회복이 빨랐다. B에게 농담을 건넬 정도였다. "죽 한 그릇 먹으면 금방 털고 일어날 것 같다"고 하여 B는 한걸음에 집으로 달려갔다. 모처럼 남편을 위해 직접 자신의 손으로 죽을 끓이고 싶어서였다. 또 오랫동안 집을 비우기도 했고 옷도 갈아입어야 했다. 현관에서 막 신발을 벗는데 병원에서 남편

이 위독하다는 전화가 왔다. 그대로 되짚어 부랴부랴 병원에 갔지만 남편은 이미 돌아간 후였다. 그럴 줄 알았다면 조금이라도 남편 옆에 있을 걸 하면서 마른눈물을 삼키는 그의 모습에서 형언키 어려운 아픔이 묻어났다.

남편을 잃은 슬픔이 미처 아물기도 전 그녀는 아들까지 놓쳤다. 1993년 5월, D회사의 연구실에 근무하던 장남은 연천에서 예비군 동원훈련을 받던 중 불의의 사고를 당했다. 연천 육군포병사격장에서 일어난 폭발사고로 예비군과 현역 20명이 사망하고 6명이 중경상을 입었는데 거기에 B의 아들이 있었다. 남편이 돌아간 지 꼭 백일째 되는 날이었다. 장가도 못 가고 참혹하게 죽은 아들 생각에 B는 자꾸만 정신줄을 놓았다.

유가족대책회의에 참석했을 때 피해자 가족 중에는 결혼해서 보름이 된 새 신부와 백일 된 아기를 안고 나온 아기엄마가 있었다. 그들을 보면서 B의 마음이 조금씩 흔들리기 시작했다. 남의 집 귀한 자식 데려다놓고 못할 짓한 것보다 낫다는 생각이 차츰 들더라는 것이다. 그럭저럭 작은아들과 딸의 뒷바라지를 하면서 시어머니를 의지하며 살았는데 4년 후 그의 울타리였던 시어머니마저 85세로 세상을 떠났다.

지금은 남매 성가시키고 가락동 아파트에서 혼자 살면서 열심히 교회에 다닌다. 안방 문갑 위에는 학사모를 쓴 장남과 함께 온가족이 웃고 있는 사진이 놓여 있다. 어쩌면 B가 가장 행복했던 때였을

지도 모른다.

그는 직장에 다닌 적도 없고 무슨 자격증을 취득한 적도 없다. 처녀 때 평생 밥은 굶지 않겠다던 스님의 말대로, 아들의 보훈연금으로 살고 있다며 힘없이 웃는다. 죽은 자식의 효도를 받고 있다고 읽을 수 없는 표정을 짓기도 한다. 그러면서 돈을 허투루 쓸 수가 없다고 했다. 어떤 이가 '돈이 어지간히 없는가보다. 맨날 입던 옷만 입는다'고 했다지만 자식을 생각하면 살아 있는 것도 한스럽다는 그녀다.

"남편이 흉터를 없애지 않았다면 오래 살 수 있었을까?"

B가 나지막하게 허공에 대고 중얼거렸다. 나는 아무 말 없이 그의 손을 잡아주었다.

우리는 한 치 앞도 모르는 현실에 살고 있다. B가 남편과 아들을 불과 백 일 만에 잃을 줄 누가 알았으랴. 아들이 사고 당하던 날, 잠시 음료수 사러간 두 젊은이는 탈을 면했다지 않나.

바람에 흔들리지 않는 꽃이 없고 굴곡 없는 삶이 없다고 하지만 B의 일생이 만만치 않아 가슴 한켠이 아려온다. 인생의 늦가을에서 있는 지금, 과연 운명이란 게 있기는 한 건가 생각해본다. 아니, 운명이야 있든 없든 더는 B에게 아픔이 없기를 바란다.

한 올 철학

S가 옷을 고칠 때는 줄자를 목에 걸고 상대방의 몸을 이리저리 둘러보며 치수를 잰다고 했다. 줄자는 의사의 청진기 같다며, 의사는 사람의 몸을 고치고 자신은 사람이 입는 옷을 고친다고 농을 치는 그가 대단해 보인다. 작은 체구 어디에 그런 자신감과 섬세함이 숨어 있는지 놀라웠다.

주일 오후 교회에서 성경 공부하면서 그와 가까워졌다. 우리는 더러 커피를 마시기도 하는데 살아온 얘기를 가끔 할 때면 마음이 짠했다.

S는 광천에서 삼십 리쯤 들어가는 등대실 마을에서 빈농貧農의 맏이로 태어났다. 아기가 눈, 코, 입, 손과 발이 꼼지락거리는 것이 신기하다며 아버지는 '신기'라는 이름을 지어주었다.

엄마는 남동생을 낳자마자 할머니가 젖 잘 나오라고 고아준 돼지족을 먹고 체한 채 약 한번 제대로 써보지도 못하고 갑자기 돌아가셨다. 먼 친척이 공주公州 어디선가 사는 여인을 데려와 아버지와 살게 해주었다. 아이 하나를 데리고 온 새엄마는 동생 일곱을 낳아 신기네는 10남매가 되었다.

가정 형편상 중학교에 갈 수 없었던 그는 중학교 교복을 입고 학교 가는 친구들을 보며 애꿎은 풀만 잡아뜯었다. 가난한 집안에서 앞날을 예측할 수 없다는 사실에 어린 마음도 갑갑했다. 몇 해 전 돈 벌러 서울 간 동네 언니와 편지를 주고 받으며 서울행을 결심했다. 할머니의 도움을 받아 동트기 전 보따리 하나 들고 몰래 집을 빠져나와 삼십 리 길을 걸어 광천역에서 서울행 첫 기차에 올랐다. 서울역에 마중 나온 언니의 주선으로 남의집살이를 하면서 그의 서울 생활이 시작되었다.

지인의 소개로 한 남자를 만났다. 그는 조실부모하고 먼 친척의 세탁소에서 세탁일을 배우는 중이었다. 불우한 가정환경에서 어린 시절을 보낸 동병상련의 아픔을 서로 감싸안으며 둘은 사랑에 빠졌다. 두세 달에 한번 쉬는 날이면 데이트를 했다. 그때마다 남자는 삼립빵 두 개와 칠성사이다 한 병을 점퍼 호주머니에 넣고 왔다. 온종일 공원 벤치에 앉아 있어도 지루한 줄 몰랐다.

남자가 초등학교도 제대로 나오지 못한 걸 안 것은 그의 편지를 받고서였다. 몇 번의 편지에도 답장이 없던 그가 넉 달 만에 편지 한 통을 내밀었을 때 신기는 적잖이 놀랐다. "편지 잘 받았습니다. 나를 그렇게 생각해줘서 고맙습니다"라는 단 두 줄의 편지는 읽기도 힘든, 삐뚤빼뚤 그림에 가까운 글씨였다. 그나마 사랑하는 여인이 오해할까봐 용기를 낸 것이라고 했다.

그들은 만난 지 일 년 만에 중국집 방에서 짜장면 두 그릇 앞에 놓고 약혼식을 올렸고, 이듬해 물 한 그릇 떠놓고 결혼식을 했다. 스물셋 신부와 스물일곱 신랑은 알뜰살뜰 모은 돈으로 서울 변두리에 점포가 딸린 작은방을 얻어 신접살림을 차렸다.

세탁소 일은 옷을 깨끗하게 하는 것 말고도 뜯어진 곳 꿰매기, 떨어진 단추 달기, 다림질에 이르기까지 손 가는 일이 많았다. 장부 정리는 초등학교를 졸업한 새색시 몫이었다. 남편은 세탁일이 없을 때는 고물을 주워 팔아서 세탁비누 등을 살 정도로 책임감이 강하고 부지런했다.

그녀는 세탁일을 하면서 섬유의 성질을 알게 되었다. 자연섬유는 면, 마, 모시, 인견, 모 등인데 면은 몸을 따뜻하게 하고 수분을 잘 빨아들여 실용적이다. 인견은 시원하지만 얼룩이 잘 지고 구김이 잘 가며, 순모는 따뜻하나 세탁이 까다롭다. 합성섬유는 처음엔 순모 같지만, 마찰이 일면 정전기가 나고 보푸라기가 심해 뜯어가며 입어야 한다. 통풍이 안 되는 나일론은 질겨서 좋지만 불에 약하고 번들거린다.

고객도 섬유처럼 각양각색이었다. 인견이나 순모처럼 사람은 좋은데 대하기 조심스러운 이가 있는가 하면 처음엔 순모처럼 포근하나 어느 순간 본색이 드러나 트집을 잡고 까탈을 부리는 합성섬유

같은 이도 있었다.

꽃이나 동물, 사물 등으로 사람을 연상하는 건 몰라도 옷감의 재질에 따른 비유는 매우 흥미로웠다. 그녀의 말을 들으며 나는 과연 어떤 옷감에 해당될까 생각했다.

옷을 깨끗하게 해주는데도 고마움보다 함부로 대하고 무시할 때 견디기 어려웠다는 그의 말에서 인내심을 읽었다. 예전에는 넥타이나 머플러 세탁은 서비스 품목이었다. 어쩌다 그런 것들이 망가지거나 분실이라도 하게 되면 갑자기 불란서제나 미제 등으로 둔갑했다. 그것을 물어주느라 배보다 배꼽이 컸다고 한다.

하루는 아주머니가 딸의 바지를 들고 와 엉덩이 부분이 탔다며 난리를 쳤다. 그 바람에 정신이 없었는데, 뒤늦게 그 딸이 와서 자신이 한 것이라고 말하면서 상황이 마무리되었다. 그런가 하면 교우 한 분은 사업정리를 하면서 특수 재봉틀을 가져왔다. 동생에게 안 주고 꼭 필요한 사람에게 주어야 한다며 가져왔다. 비싸서 엄두도 못 냈던 재봉틀은 큰 보탬이 되었단다.

신기 씨네 온 식구가 교회에 나갔다. 아이들은 주일학교에, 남편은 만학도가 되어 신학을 공부하더니 장로가 되었다. 그는 틈틈이 교도소에 가서 간증을 했다. 훌륭한 직함을 가진 분들이 많았지만, 장로님의 인기는 좋았다. 그의 어려웠던 시절 이야기에 수감자들은 눈물을 흘렸다.

아무도 일생을 기쁨만으로 지내지 않고, 슬픔만으로 채우지도 않는다. 한국인의 행복조건 1위는 가족이다. '가족은 묶어 놓은 나뭇가지와 같다'는 말처럼 신기 씨의 자녀 삼 남매는 서로 도우며 잘살고 있다.

손끝이 야물어 바느질이 꼼꼼한 신기 씨는 지금도 가끔 옷수선을 하는데 바느질은 한 올이 중요하다고 입버릇처럼 말한다. 처음 한 올이 잘못되면 옷이 편편치 않고 뒤틀린다고 말하는 그를 보며 뜨개질할 때가 생각났다. 한 코를 빠뜨리거나 잘못 짠 걸 모르고 계속 짜나갈 때가 있다. 발견 즉시 풀어내고 다시 시작하지 않으면 두고두고 말썽이다.

우리 모두 각자의 삶을 살아가지만 똑같은 길을 걷는 건 아니다. 줄자를 목에 걸고 몸 치수를 재면서 한 올 한 올 정성 들여 바느질하듯, 계획을 세워 행하고 어설픈 꼼수나 욕심 없이 최선을 다하며 살아온 그에게서 한 올의 철학을 배운다.

시장 풍경

오래 전, 친구랑 대천 한화콘도에 갔다. 짐을 푼 후 장도 볼 겸 콘도 셔틀버스를 타고 시장으로 갔다. 간단히 장을 본 후 우리는 칼국수 잘하기로 소문난 분식집으로 들어갔다. 바지락칼국수 국물이 소문대로 시원했다. 계산을 하려고 손지갑을 여니 칠천 원뿐이었다. 순간 당황했다. 콘도에서 달랑 오만 원짜리 한 장 지갑에 넣고 나왔는데, 어찌된 일인가? 기억을 더듬었다.

시장 모퉁이에서 김 두 톳에 만 원, 생선가게에서 꽃게와 대하가 이만삼천 원. 모두 삼만삼천 원, 만 칠천 원이 남아야 하는데 만 원이 빈다. 어디선가 돈을 흘렸다면 남은 돈도 없어야 하는데 뭐가 잘못됐다는 생각이 들었다. 명분도 없이 만 원을 잃다니, 요즘 들어 나는 왜 이렇게 덤벙대는지 모르겠다.

혹시나 싶어 분식집에서 몇 걸음 안 되는 생선가게로 향했다. 계산이 잘못되었는지 물어볼 참이었다. 설마 외지 사람이라고 우습게 보지는 않겠지, 어디서 들은 이야기는 있어서, 미리 걱정하면서 생선가게에 도착했다. 나란히 붙어 있는 채소가게에는 방한 조끼를 입은 뚱뚱한 아주머니와 털모자를 쓴 여자가 앉아 있었다. 저들이 한편이 되어 벌떼처럼 덤빈다면…. 그때 나를 흘깃 쳐다보는 생선가게 아주머니와 눈이 마주쳤다. 내친김에 그에게 다가갔다. 마른 침을 삼켰다.

"아주머니, 좀 전에 게랑 새우를 사고 삼만 원 낸다는 것이 사만 원을 낸 것 같아요."

"나는 주는 대로 받았어요."

생선 아주머니 말은 표정만큼이나 무뚝뚝했다. 그런데 채소가게 두 아주머니는 그럴 리가 없지 하는 표정으로 "잠깐만요" 하더니 마치 자기 것이나 되는 것처럼 캔으로 된 돈통 옆으로 다가앉았다. 그러더니 돈통 위에 덮인 신문지를 바닥에 내려놓고는 조심스럽게 지폐를 좌판에 꺼내놓았다. 생선 아주머니는 남의 일인 양 쳐다보지도 않고 꽁치 상자를 손질하기에 바빴다.

반으로 접혀 있는 만 원짜리 두 장, 천 원짜리 몇 장, 네 번째로 만 원짜리 넉 장이 접힌 채 나왔다. 켜켜로 있는 돈은 방향은 다르지만 모두가 반으로 접혀 있었다.

'야, 돈을 이런 식으로도 정리하는구나.'

조끼 아주머니는 생선 아주머니에게 묻지도 않고 너무나 당연하다는 듯이 만 원을 나에게 주었다. 생선 아주머니는 무표정하게 자기 하던 일을 계속했다. 만 원을 찾자 나의 찜찜했던 기분이 조금 나아졌다. 아직 이른 시간이라 다녀간 손님이 많지 않아서 다행이었다. 그런데 생선 아주머니도 나도 어떤 인사를 하지 못했다. 서로 어정쩡하게 눈을 마주칠 듯 말 듯 하다가 내가 돌아서면서 마무리되었다. 돌아오면서 찜찜했다. 고맙다는 인사라도 했어야 하는데, 가만 보면 나는 꼭 한 박자가 늦다.

시장 사람들을 두고 왈패니 뭐니 하지만 시장만큼 순수한 곳도 없다. 사람 사는 이야기가 더할 것도 뺄 것도 없이 고스란히 담겨 있지 않은가.

그러고 보면 나는 장터에서 잃어버린 돈만 찾은 게 아니었다. 사람과 사람이 더불어 살면서 갈등이 있을 땐 내 일인 양 발 벗고 나서는 그들의 참모습을 보았다.

사람이 살아가는 이야기는 어디에서도 허튼 것이 없었다. 그들을 겪어보지 않고 미리 안 좋은 생각부터 한 자신이 부끄러웠다.

우산

친구와 헤어진 후 대방역에서 내렸다. 갑자기 하늘이 까매지면서 한두 방울 떨어지던 비가 줄을 긋듯 쏟아지기 시작했다. 핸드백에 있던 접이우산을 집 나설 때 꺼내놓고 온 것이 후회되었다. 역사 밖으로 나오자 빗줄기가 한층 더 거세졌다. 다급한 걸음으로 길 건너 마을버스정류장으로 향했다.

"우산 같이 쓰실래요?"

뒤에서 젊은 여인의 목소리가 들렸다. 그도 마을버스 타러가는 길이라고 했다. 모처럼 친구 만나려고 차려입은 새 옷과 구두, 좋은 핸드백이 비에 젖어 신경쓰이던 참이었다. 계면쩍긴 했지만 늙은 여자가 비 맞는 게 청승맞아 보일 수도 있어 염치불구하고 작은 우산 안으로 들어갔다. 버스정류장으로 가는 동안 우리의 바깥쪽 어깨가 비에 젖었다.

정류장에 도착한 나는 기다리는 버스에 뛰다시피 올라탔다. 숨을 가다듬으며 기사 뒤 비어 있는 경로석에 앉았다. 차가 출발하자 장대비로 바뀌면서 차창의 윈도브러시는 다급해졌다. 다음 정류장에 도착할 즈음에는 갑자기 천둥소리와 함께 물폭탄이 쏟아졌다. 집이 가까워질수록 내 마음은 찌푸린 날씨처럼 어두워졌다. 어떡하나, 저 비를 다 맞고 가야겠군. 나는 속으로 절망에 가까운 한숨을 내쉬었다. 그때 내 귀를 쫑긋 세운 말소리가 들렸다.

내 옆에 서 있던 중년 여자가 기사와 주거니받거니 하는 말이었다. 말을 마친 여자가 기사 반대쪽 좌석 아래 누워 있는 노란 우산을 집어들었다. 우산을 빌린 거였다. 순간 나도 모르게 기사에게 우산을 빌려달라는 말이 튀어나왔다. 기사는 나를 향해 고개를 끄덕이고는 마침 한 개 더 남았다며 우산이 있는 곳을 가리켰다. 승객이 두고 내린 우산이라고 했다. 커다란 검정 우산이었다. 우산 안쪽은 회색으로 코팅된 방수 우산이었다.

우산 속은 아늑했다. 짱짱하고 큰 우산은 내 작은 몸을 포근히 감싸주었다. 굵은 빗줄기는 우산 위로 맹렬하게 쏟아졌다. 나는 우산 속에서 천연덕스럽게 그 비를 다 받았다. 신기하게도 어머니 품속만큼이나 편안하고 따뜻하다는 생각마저 들었다. 비 오는 날 집으로 가는 길이 이렇듯 즐거웠던 때가 있었던가. 마치 검정 우산이 마법을 부리는 것처럼 내 마음을 가볍게, 통통 튕겨주었다. 나는 빗줄기를 보면서 중얼거렸다. 세상의 모든 것을 다 깨끗이 씻어주렴. 집, 나무, 잎새, 지긋지긋한 코로나바이러스까지…. 어느결에 마음까지 시원해졌다. 내리는 빗물과 나의 염원이 아스팔트 바닥으로 흘러갔다.

거짓말처럼 비가 그쳤다. 나는 갑작스런 빗길에서 내게 우산을 내밀어준 젊은 여인이 생각났다. 잠깐 동안의 인연이었지만 한쪽 어깨가 젖는 줄 알면서도 자신의 우산을 내밀어준 멋진 그 여인. "세상을 아름답게 만드는 건 비요, 사람을 아름답게 만드는 건 우산"이라고 김수환 추기경이 말씀하셨는데, 나에게 우산을 받쳐준 젊은 여인도 남은 우산을 빌려준 버스 기사도 고마운 사람들이다. 그들은 기꺼이 우산이 되어준 아름다운 사람들이다.

젖은 우산을 현관 밖에 펼쳐놓았다. 잘 말려서 마을버스 기사에게 갖다줄 것이다. 이 검정 우산은 오늘의 나처럼, 누군가에게 추억 속의 우산이 될 터이다.

아라크네의 후예後裔

거실 커튼을 열고 돌아서는데 고운 실크 느낌의 은실이 말간 아침햇살에 반짝인다. 베란다 사잇문 가까이 돌출된 벽체와 장식장 다리 사이 모가 난 곳이었다. 아기 손바닥만 한 세모 거미집에 늘인 줄로 빛살 같았다. 작은 거미는 사람의 눈을 피해 집을 짓고, 허물어지면 또 바삐 부서진 집을 고치기를 반복하나보다.

사나흘 전, 청소기를 돌리다가 그만 거미집을 망가뜨렸다. 거실에 거미줄이라니, 어이가 없었다. 어렸을 때 우리 집 뒷마당 헛간에서나 보았던 그 거미줄이 아니던가. 안개처럼 뿌연 거미막에 정작 거미는 보이지 않고 점처럼 작은, 죽은 날벌레들만이 붙어 있었다. 서둘러 거미줄을 걷어내려다 주춤했다. 눈에 잘 띄는 천정도 아니고, 딱히 거미가 내게 해코지한 적도 없지 않은가.

어느 고장에서는 방안에서 거미가 아침 일찍 기어나오면 집안에 반가운 소식이 온다고 믿는다. 시베리아 사람들은 인간을 위해 모기들을 퇴치해주는 거미를 고맙게 여긴다. 또한 농가에서는 논밭에서 벼멸구 같은 해충을 먹는 녀석들도 있어 거미를 '살아 있는 농약'이라고도 하는 등 익충益蟲으로 보기도 한다.

알렉산드로스 대왕과 거미에 얽힌 일화도 흥미롭다. 젊은 날 알렉산드로스 대왕은 치열한 전투 중, 적에게 쫓기다가 황급히 동굴 속으로 몸을 숨겼다. 추격자들은 동굴 속을 수색하려다 입구에 쳐진 커다란 거미줄을 발견하고 돌아섰다. 때맞춰 거미가 줄을 쳤던 것이다. 대왕은 본래 거미를 싫어했지만, 거미 덕에 목숨을 구한 이후로 거미를 사랑하게 되었다.

그런가하면 방적 솜씨가 뛰어난 처녀 아라크네와 솜씨 좋은 아테네 여신이 재주를 겨룬 이야기도 눈길을 끈다. 신들의 연애 장면을 수놓아 짠 흠 잡을 데 없는 아라크네의 작품을 보고 분노한 여신은 그 천을 박박 찢어버렸다. 겁이 난 아라크네는 서까래에 목을 맸고 처녀가 가여웠던 여신은 거미로 변하게 했다. 졸지에 아라크네는 거미가 되어 몸에서 실을 뽑으며 거미줄을 만들게 되었다. 신화 속 거미가 된 아라크네 이야기는 아름다우면서도 안타깝기만 하다.

10여 년 전, TV에서 곤충이 황금알을 낳는 신산업으로 떠오르는 사례를 방영했다. 나비, 딱정벌레, 장수풍뎅이 등 애완용 곤충의 몸값은 상상을 초월했다. 벌의 독침을 채집해서 여드름 치료를 하는 봉독蜂毒치료, 누에고치에서 실크를 이용해 실크 인공 고막鼓膜 소재를 만드는 등 경이로운 장면이 나올 때마다 깜짝깜짝 놀랐다.

거미 몸속에서 풀려나오는 가느다란 실은 강철보다 강한 힘이 있었다. 거미 몸에서는 하루에 보통 10m의 거미줄이 나오는데, 일본 오사카에 사는 사람은 거미줄을 모아서 1㎜ 굵기의 바이올린 현을 만들기도 했다. 다른 바이올린에 비해 음색이 그윽하고 더 아름다웠다고 한다.

개미는 종일 움직이며 먹을 것을 집에 저장해 추운 겨울을 보낸다. 거미는 제 몸에서 실을 뽑아 거미줄을 치고, 조용히 기다리며 거기 걸리는 곤충들을 잡아먹고 산다. 둘의 대비가 인간 세상의 한 장면을 생각하게 한다.

그도 그럴 것이, 인간은 초년에 개미처럼 부지런히 일하다가 중년이 되면 더욱더 열심히 활동하여 모은 돈으로 지식과 지위, 권력을 긁어모은다. 오직 모으는 행위 그 자체를 중히 여기며 경쟁한다. 그러다 나이가 들어 노년이 되면 대체로 거미처럼 된다. 젊은 날 손에 넣은 지식과 돈 그리고 지위를 거미줄처럼 늘어놓고 거기에 걸리는 것을 취하며 노후를 보낸다.

지난 1월 예상치 못한 낙상사고로 병원 출입이 여러 달째 이어지고 있다. 후유증이 오면서 우울감까지 찾아왔다. 책상 위에는 읽을 책이 쌓여가는데 아프다는 핑계로 게으름을 피우며 그것들을 외면하게 되었다. 무력감에 빠져 있는 나는 장식장 짧은 다리 쪽 모서리를 망연히 바라보다가 몸이 불그스레한 작은 거미 한 마리가 황급히 몸을 감추는 것을 보았다. 지극히 짧은 첫 대면이었다. 불도 없는 깜깜한 거실에서도 몸에서 실을 뽑으며 허공을 짚는 거미가 나에게 말 없는 말을 건네고 있었다.

"줄을 잘 쳐야 벌레를 잡듯이, 준비가 돼 있어야 좋은 결과를 얻을 수 있어요."

마음을 가다듬는 한 해의 끄트머리 달 매듭달이다. 불편한 손이 하루 빨리 낫기를 바라면서 허둥댄 한해였다. '시간은 곧 기회'라며 주어진 시간을 헛되이 보내지 말라고 거미가 나를 일깨워주는 것 같았다.

이제 곧 새해의 태양이 힘차게 떠오를 것이다. 나도 무엇이든 걸쳐놔야 하지 않을까.

만남

아침 8시 반쯤, 거실 전화벨이 울렸다. 익숙한 목소리였지만 안다고 할 수는 없었다. 그는 내 이름을 확인하고는 잠시 긴장하는 듯했다. 옛날 수첩에서 우리 집 전화번호를 알아냈다며 얼마 전에 책을 냈는데 보내고 싶다고 했다. L교수였다. 나는 집 주소와 핸드폰 번호를 알려주었다.

며칠 후, 코발트빛 표지에 『듣고 싶은 스피치, 간직하고 싶은 스피치』라는 책이 도착했다. 가만히 책장을 넘겼다. 속표지엔 '옛 친구 옛 시절이 생각나서' 책을 보낸다고 쓰여 있었다. S대 경영대학원 최고경영자과정의 주임교수일 때 이야기로, 지루한 강의가 끝난 후 조크를 곁들인 멘트는 그의 여유가 느껴지는 부분이었다. 그 외, 초청 연사 세 분의 소개 멘트와 S대 경영대학원장, S대 부총장과 대외 부총장, 정년퇴임 후 한국 사이버대학 총장, 정부투자기관평가단장 등에서 스피치 한 내용이었다. 동료의 정년퇴임 축사 및 제자와 지기 자녀의 혼인 주례사 및 후배들에게 당부하는 글도 담겨 있었다. 나도 글을 쓰는 입장이다보니 그의 책이 보통으로 보이지 않았다. 대충 훑어봐도 삶의 지혜가 묻어났다.

초등학교 5학년 말에 우리 집은 부여로 이사하여 구교리 공무원 관사촌에서 살았다. 나무가 많고 조용한 마을이었다. 그를 그 동네에서 처음 만났다. 우리 아버지는 경찰서장이었고 그의 아버지는 군수였다. 우리는 같은 학년이었다. 초등학교와 중학교에 다니는 남학생들은 방과 후나 주말이면 넓은 공터에서 배구나 피구 등 공놀이를 하며 놀았다. 거기에는 그와 내 남동생도 있었다. 가끔 나는 멀찍이에서 그들이 뛰노는 걸 구경했다.

6학년 1학기 말에 그는 대전으로 이사했다. 일 년 뒤에 우리도 대전으로 이사했는데 공교롭게도 선화동 한 동네에서 그를 다시 만나게 되었다. 그의 누나와 우리 작은 언니는 같은 반 단짝으로 나는 언니를 통해 그의 근황을 듣곤 했다.

그는 대학에 들어가면서 서울로 이사했다. 졸업 후 군 복무를 마치고 미국으로 유학을 떠났다는 소식을 들었다. 세월은 쉼 없이 흘렀다. 들리는 말로는 그가 미국 어느 대학교 교수가 됐다고 하더니 귀국해서 S대 경영학과 교수가 되었다고도 했다. 어느 날 그가 S대 부총장이 되었다는 소식을 들었다. 그 무렵 조선일보 오피니언에 실린 그의 글을 두어 번 읽었다. 무척 반가웠다. 어떻게 연락이 닿아 벚꽃이 한창일 때 여의도 윤중로에서 만나 저녁을 먹었다. 벌써 17년 전쯤 일이다.

책을 받은 지 열흘 후, 그를 다시 만났다. 눈부신 정오의 햇살을 받으며 우리는 악수를 했다. 그는 나에게 예전 그대로라고 말해주었다. 17년 만에 만난 그도 여전해보였다. 오랜만에 만난 우리는 서로 서먹했지만 금방 소년시절로 돌아갔다. 그는 관사촌에 살 때 놀이터에서 있었던 이야기 하나를 들려주었다. 그가 구덩이에 빠져 넘어졌을 때 내가 다가가서 손을 잡아 일으켜주고, 다친 무릎을 치료해주었다고 했다. 내 기억에도 없는 일이 그에게는 잊히지 않는 추억이 되었던가보다.

그와 헤어져 집에 도착했을 때 카톡이 와 있었다.

"옛날을 되돌릴 수 있어서 즐거웠습니다. 건강하고 보람 있게 사는 것 같아 보기 좋았어요."

그와의 시간을 더듬다보니 잠시나마 여든 나이를 잊고 있었다. 헤어지면서 다음에 또 만나자고 했지만, 그날은 와야 오는 날이었다.

곱게 물든 단풍이 비바람에 떨어지던 날 다시 그의 전화를 받았다. 그는 어쩌다 가을이 다 갔다면서 며칠 후에 만날 수 있는지를 물어왔다. 해가 바뀔수록 만날 수 있는 사람이 줄어드니 그의 제안이 반갑기만 했다. 나는 달력 속 그날에 동그라미를 그렸다.

그의 책 4권을 출판사에 주문했다. 저자 사인을 받아 손주들에게 선물로 주고 싶었다. 할미의 친구가 쓴 책이기도 하고, 아무래도 그

책에 아이들에게 전해주고 싶은 이야기들이 많았던 때문이다. 그런데 배송시간이 약속시간 이후였다. 그에게 전화를 걸어 사정 이야기를 하고 시간을 늦추려했다. 그는 여분의 책이 있다면서 챙겨갈 것이니 그냥 나오라고 했다.

그가 종이가방에서 책 4권을 꺼내 테이블 위에 놓았다. 일생 동안 훈장노릇을 한 탓에 설교조의 글들이 주가 되었다면서 잔소리로 들리지 않을까 염려된다고 했다. 나는 손주들의 이름과 근황을 알려주었다. 그가 책 속표지에 손주의 이름을 적더니 몇 페이지의 글을 선물하고 싶다는 내용을 일일이 써서 내게 건네주었다. 우리 아이들에게 귀한 산교육을 선물해준 그가 고마웠다.

그의 사인을 받으면서 스스럼없이 농담을 주고받아서일까. 세 번째 만남은 한결 자연스러웠다. 그가 예전에 나와 데이트했던 날을 기억해주었다. 나도 어렴풋이 생각났다.

고3때였다. 공부만 하던 그가 어느 저녁 무렵에 우리 집에 찾아왔다. 우리는 대문 앞에서 만나 함께 동네를 걸었다. 그때 나는 진로에 대한 고민을 그에게 털어놓았던 것 같다. 내 이야기를 들은 그는 정규대학에 가기보다는 전문직을 생각해보길 권했다고 내 기억을 깨워주었다. 그의 말을 들었던 걸까. 나는 졸업 후 초등학교 교사의 길을 택했다.

대화가 무르익자 나는 꼭 확인하고 싶은 게 있었다. 군복을 입고 철모를 쓴 그가 그의 집 대문으로 급히 들어가는 걸 먼발치에서 보았다. 나를 흘깃 본 것 같은데 그는 일별도 주지 않고 집으로 들어가 끝내 나오지 않았다. 그 일이 오랫동안 서운하게 남아 있었다.

잠자코 듣던 그는 서울로 이사한 후 군 복무를 해서 내가 보지 못했을 거라고 했다. 그의 말이 맞았다. 그제야 그것이 나의 꿈이었음을 알았다. 언제적 꿈인지 모르지만 너무나 생생해서 현실로 착각하고 있었나보다. 그에게 꿈이었다는 말은 하지 않았지만, 꿈이어서 참 다행이었다.

코로나팬데믹 탓도 있지만 그와의 만남은 더 이루어지지 않았다. 특별히 어떤 이유가 있어서 만남을 피하는 것은 아니다. 그저 가끔 우리는 문자메시지로 안부를 주고받는다.

우리에게 생애의 황금기인 노년은 세상을 관조하는 시기이다. 그가 건강한 몸으로 사랑하는 사람들과의 기억을 마지막까지 가지고 살기를 원한다. 그리고 그의 건강과 평온, 안녕을 빈다.

서인희 씨처럼 그렇게

외출에서 돌아오니 문 앞에 종이가방 하나가 놓여 있었다. 그 안에는 진분홍 꽃이 소복한 시클라멘 화분이 들어 있었다. 나의 건강을 빈다는 내용의 예쁜 카드도 함께였다. 뜻밖의 꽃 선물에 기뻤다. 나는 곧바로 그에게 고맙다는 전화를 했다. 다음 날 그가 준 시클라멘을 도자기 화분에 옮겨 심었다. 한층 멋스러웠다. 하트 모양의 잎사귀 사이로 꽃대가 쑥쑥 올라오는 것이 볼 때마다 내 눈길을 사로잡았다.

서인희 씨는 나와 같은 동 401호에 산다. 우연히 그녀를 알았는데 나이는 나보다 11살이 많고, 키는 10㎝쯤 작아보인다. 전직 교사였던 그는 미국에서 10년을 살다왔다고 한다. 그의 집 실내조명은 늘 어둡고 살림은 검소했다. TV는 거의 장식품에 가까웠고, 클래식 음악을 즐겨 들었다. 언제나 자기 페이스를 지키며 사는 서인희 씨의 모습이 좋아보였다. 10년 후의 나를 보는 것 같아 그가 더욱 각

별했다. 나는 별미를 하면 따뜻할 때 그의 집으로 가지고 갔다. 그도 며느리가 맛있는 음식을 해오면 나와 나누어 먹었다.

독일 철학자 칸트는 매일 오후 4시에 산책한 걸로 유명하다. 사람들은 칸트가 산책하는 것을 보고 시간을 알았다는데, 서인희 씨도 칸트처럼 일정한 시간에 산책을 했다.

간혹 외출에서 돌아오면 서인희 씨가 다녀간 흔적을 볼 수 있었다. 현관 앞에 과일이 놓여 있을 때도 있고 다녀갔다는 메모지가 꽂혀 있기도 했다. 그런데 어느 날부터인가 그가 보이지 않았다. 궁금한 마음에 문 앞까지 갔다가 인기척이 없어 되돌아오기도 여러 번이었다. 하루는 그의 앞 집 벨을 눌렀다. 앞집 여자 말로는 병원에 입원했는데 어느 병원인지 모른다고 했다. 경비 아저씨한테도 물어봤지만 알 수 없었다. 그의 집 전화번호만 알고 있는 나는 달리 연락할 길이 없어 오며가며 습관적으로 401호를 살피게 되었다.

두어 달이 지난 늦은 밤이었다. 늘 깜깜하던 401호 창문에 희미한 불빛이 새어나왔다. 무척 반가웠다. 날이 밝기를 기다렸다가 그 집 현관문을 두드렸지만 여전히 반응이 없었다. 다음 날 다시 찾아갔다. 문을 두드리자 누워 있어서 일어날 수가 없다며 들릴 듯 말 듯한 목소리가 문틈으로 새어나왔다. 그 다음 날 찾아갔을 때 도우미 아주머니가 문을 열어주었다. 거실 침대에는 몰라보게 핼쑥해진 그가 누워 있었다.

서인희 씨는 눈이 많이 내린 다음 날, 산책길에서 낙상사고를 당했다. 아파트 정문 옆 경사진 길이었다. 그날 따라 정문에는 경비아저씨도 없었고, 추운 날씨 때문인지 행인도 보이지 않았다. 옴짝달싹하지 못한 채 빙판 위에서 20여 분을 누워 있다가 행인에게 발견되어 병원으로 실려갔다. 그리고 두어 달 병원에서 지냈다. 차츰 건강이 좋아져서 퇴원했지만 여전히 거동은 불편했다. 행동반경이 좁아졌고 거의 집에서만 지내야 했다.

그 무렵 내게도 신경쓸 일이 생긴 데다가 우리 집 이사까지 겹쳐서 우리는 거의 만나지 못했다. 그렇게 1년이 지났다. 문학 공부한다고 바쁘게 지내면서 또 2년 세월이 흘렀다. 눈에서 멀어지면 마음에서도 멀어진다는 말이 있다. 하지만 나는 그를 잊지 않았고 전처럼 그의 건강을 위해 늘 기도하고 있었다.

작년 늦가을에 참새들이 잔치를 벌였던 화초 감나무에도 가을 태풍이 여러 번 지나가면서 가지가 꺾이고 감이랑 잎이 떨어져서 볼품이 없어졌다. 하기야 벤치 옆 커다란 느티나무도 마지막 태풍에 뿌리가 뽑혔다. 몇 개 남은 감이 붉게 익어가는 중이었다. 땅에 떨어지지 않으려고 온 힘을 다해서 나뭇가지를 부여잡았던 감이다. 붉어지는 감을 보면서 가까스로 생을 붙잡고 있는 아슬아슬한 노인을 보는 것만 같았다.

서인희 씨가 궁금해 오랜만에 그를 만나러갔다. 아직 재활치료 중이라며 지팡이를 짚고 나를 맞아주었다. 그 집 조명은 여전히 어두웠다. 하지만 베란다의 화초는 주인의 사랑을 받아 건강하게 자랐다. 집안 곳곳에서 살뜰한 그의 손길이 느껴졌다.

요즘 사람들은 반드시 자식과 같이 살아야 한다는 생각을 하지 않는다. 오히려 자식 눈치보지 않고 편하게 살기를 원한다. 불편한 몸으로도 식물과 더불어 살아가는 그에게서 생명에 대한 강한 의지를 보았다. 마주앉은 우리는 서로의 얼굴을 보며 모처럼 편안한 미소를 나누었다.

우리가 앉아 있는 창문 너머로 서쪽 하늘이 내다보였다. 지는 해가 붉은 빛을 뿜어내고 있었다. 그 시간, 더없이 짙고 분명한 붉은 색이었다.

나의 무명지無名指

닷새 전 간장 무장아찌를 담갔다. 무를 알맞은 크기로 썰어 햇볕에 이삼 일 정도 말렸다. 앞뒤가 꾸덕꾸덕해진 무를 면 수건으로 깨끗이 닦아 물기를 뺀 유리병에 차곡차곡 모양을 맞춰 담았다. 간장에 식초와 설탕을 조금씩 넣어 만든 혼합액을 무가 충분히 잠기도록 부어주었다. 뚜껑을 닫아야 하는데 보이지 않았다. 우선 둥근 손잡이가 있는 플라스틱 병뚜껑으로 닫아서 다용도실에 두었다.

'간장을 한번 끓여서 부어줘야 골마지가 끼지 않을 텐데.' 엉거주춤 구부린 자세로 플라스틱 뚜껑 손잡이를 살짝 들었다. 순간 '뚝' 하고 둔탁한 소리를 내며 유리병이 바닥에 떨어졌다. 손잡이가 병의 하중을 견디지 못한 것이었다. 진한 간장물이 깨진 유리조각과 함께 다용도실 바닥을 어지럽혔다. 간장 냄새가 진동했다. 어떡하나, 나도 모르게 깨진 유리조각을 집어들었다 왼손 무명지가 아리고 피가 뚝뚝 떨어졌다. 재빨리 싱크대로 가서 수돗물을 흘린 후 약장 서랍에서 포비돈을 꺼내어 상처 부위에 발랐다. 피는 멈추지 않고 흘러 내렸다. 지혈을 해야 했다. 포비돈을 묻힌 약솜을 상처 부위에 올려놓고 손가락을 거즈로 싸맸다. 손가락과 손바닥 경계면을 종이 반창고로 단단하게 묶자 피는 더 이상 비치지 않았다. 응급처치가 끝난 후 며느리에게 전화를 했다. 며느리는 득달같이 달려와 나를 데리고 집에서 가까운 종합병원 응급실로 갔다.

메르스 사태로 병원 창구에서는 내방환자에게 문진을 받았다. 문진이 끝나고 진료 절차를 밟는다고 했다. X-RAY 두 장을 찍었다. 응급실 담당 의사는 아들 또래의 인상이 좋은 분이었다. 곧 치료가 시작되었다.

“다행히 심줄은 끊어지지 않았네요. 마취를 할 텐데… 조금 아픕니다.”

그는 무명지 양 끝 두 군데에 주사바늘을 찔렀다. 너무 아프니 눈물이 절로 났다. 의사에게 유리조각이 남아 있는지 봐달라고 하자, 그는 벌어진 살 틈을 비집어보았다. 다행히 유리조각은 없었다.

“사선으로 베어서 심줄은 비껴나갔고, 혈관 하나가 끊어졌어요.”

“다행이네요. 그런데 혈관은 재생이 안 되나요?”

“서서히 재생이 됩니다. 안 돼도 생활하는 데 문제는 없어요.”

의사는 내 질문에 일일이 친절하게 대답해주었다.

“선생님, 예쁘게 꿰매주세요. 선생님을 기억하게.”

“밉게 꿰매야 기억하지요.”

●

처치를 마친 의사는 웃으며 다섯 바늘을 꿰맸다고 했다. 그는 손가락을 붕대로 감아주고는 며칠 치료를 받으라고 했다. 파상풍 주사까지 맞고서야 진료는 끝이 났다.

집에 오자마자 며느리는 다용도실 청소를 했다. 종종대는 며느리를 보면서 미안했다. 무슨 대단한 일을 한다고 생난리를 쳤다. 항상 바쁜 며느리인데 이렇듯 뜻밖의 사고가 났을 때 병원에 함께 가줄 수 있어서 고마웠다. 가까이에 가족이 있다는 것이 좋았다.

마취가 풀리면서 서서히 통증이 시작되었다. 약을 먹고 잠을 자려해도 너무나 고통스러워서 잠이 오지 않았다. 시간이 지나자 통증은 점점 줄어들었다. 하지만 양손을 쓰다가 한 손으로 모든 걸 해결하려니 보통 불편한 게 아니었다.

평소에 덤벙대는 편이 아닌데 왜 그랬는지 모르겠다. 이번 일로 터득한 것은 용품에는 반드시 제 짝을 써야 한다는 것이었다.

그나마 다행인 것은 손가락을 지나는 두 개의 혈관 중 하나만 끊어진 것, 다리가 아니고 손을 다친 것, 그리고 오른손이 아니고 왼손이라는 것, 그것도 손가락 하나만을 다쳤다는 것이다.

열흘 후에 실밥을 뽑았다. 왼손 무명지 안쪽에 길게 흉터가 생겼다.

한밤중에 딸의 전화를 받았다.

"엄마, 반지 사이즈가 몇이지요?"

●

잠결에 어리둥절했다. 평소에 나는 반지를 잘 끼지 않기 때문이었다. 어쩌다 정장차림으로 외출할 때에나 시계와 반지를 착용하는데 웬일인가 싶었다.

"글쎄 10인지, 11인지…."

딸 내외는 체코 프라하 여행 중이었다. 며칠 뒤, 여행에서 돌아온 딸은 체코의 명물 가네트Granatus 반지를 나에게 선물했다. 석류알 닮은 '10호' 사이즈의 예쁜 반지는 신통하게도 내 왼손 무명지에 딱 맞았다.

예로부터 가네트는 유행병을 막아주는 보석이라고 믿어서 이집트인들은 부적삼아 목에 걸고 다녔단다. 충성, 불변, 진리를 상징하는 보석이지만 무엇보다도 '좋은 친구가 생긴다'는 말에 귀가 솔깃했다.

손을 찬찬히 들여다보았다. 주름진 손은 마디도 굵어졌고 파란 심줄도 튀어나왔다. 섬섬옥수, 고운 손은 아니지만 그렇다고 미운 손도 아니다. 가끔 손재주가 있겠다는 말을 들었다. 고마운 손, 나의 열 개 손가락은 제 역할을 충실히 하는 중이었다. 모처럼 손크림을 손등에 듬뿍 찍어 올려놓고 펴바르면서 손가락 하나하나를 정성껏 매만져주었다. 세월 덕에 흉터가 감쪽같이 없어진 내 무명지에 말간 석류알 한 알이 반짝인다.

제4장
늙음은 도둑고양이처럼

얼룩

왼쪽 손등이 얼룩덜룩해졌다. 처음엔 손목보호대 자국인 줄 알았는데 아니었다.

손목골절로 팔 깁스를 6주 동안 하고 깁스를 푼 후에 손목보호대를 착용했다. 정형외과에 다니면서 굳어진 팔꿈치와 손목, 손가락 재활치료에 집중하면서 다른 건 미처 신경쓰지 못했는데 얼룩 부위가 그새 더 넓어졌다. 오른쪽 손등에도 흰 점이 생겼다. 그제야 아차 싶어 동네 피부과로 달려갔다.

말없이 확대경으로 손등을 살펴보던 의사는 '데타손' 연고를 처방하고는 한 달 후에 다시 경과를 보자고 했다. 조석으로 연고를 열심히 발랐지만 차도가 없었다. 멀쩡했던 이마와 목에도 얼룩이 생겼다. 약속한 한 달 후에 병원을 찾아갔다. 환부만 들여다보는 의사에게 답답하여 완치가 될 수 있는지를 물어보았다. 그제야 큰 병원에 가서 광선치료를 받아보라고 했다.

●

곧바로 집에서 가까운 여의도 성모병원으로 가 손등과 팔, 두 곳의 조직검사와 혈액, 소변검사를 했다. 일주일 후 실밥을 뽑았다. 검사 결과는 '백납'이었다. 의사는 이미 여러 부위로 번져서 광선치료보다는 레이저치료가 좋겠다고 했다.

검사 결과지가 담긴 봉투를 들고 안내받은 피부과병원을 찾아갔다. 젊은 의사는 진료기록부에 뭔가를 적은 후 내가 건넸던 봉투를 도로 돌려주었다. 의사에게 궁금했던 백납의 원인을 물어보았다.

"그건 아직까지 확실히 알려진 게 없어요. 그걸 알면 흑인도 백인으로 바꿀 수 있지요. 추론컨대 스트레스가 가장 큽니다."

스트레스는 몸에 해로운 육체적 정신적 자극이 가해졌을 때 그 생체生體가 나타내는 반응이다. 백납은 동반질환이었다.

손목골절 후 나의 평범했던 일상이 한꺼번에 힘들어졌다. 양말 신기, 단추 끼우기, 반찬그릇 여닫기, 설거지 등. 특히 물병을 돌려 여는 게 쉽지 않았다. 정수기 없앤 게 가장 아쉬웠다. 주말이면 아들 내외가 음식을 들고 왔다. 청소하고 생수 페트병 대여섯 개의 뚜껑을 열어 다시 마개를 살짝 닫아 냉장고에 넣어두는데 하루는 마실 물이 없었다. 새 물병을 두 발 사이에 끼우고 한 손으로 안간힘을 쓰다가 안 되어, 병을 들고 밖으로 나가서 지나가는 학생에게 부탁하기도 했다. 이후로 아예 주전자에 물을 끓여서 마셨다.

치료를 위해 자외선을 차단하라는 의사의 조언에 아차 싶었다. 답답해서 양산도 쓰지 않고 목이 파인 칠부 원피스에 구멍 숭숭 뚫린 여름 모자 달랑 쓰고 병원과 수영장을 오갔다.

그렇게 자외선에 충분히 노출되는 동안 보남파초노주빨 각 빛의 파장이 합쳐진 백색의 햇빛 조각들은 소리 없이 내 몸에 내려앉았다. 손등, 이마, 그리고 목을 뼁 돌아가며 생긴 하얀 얼룩은 마치 남해안에 펼쳐진 다도해를 보는 것 같았다. 당황했다. 세월 따라 생기는 주름이야 그렇다 하겠는데, 얼룩은 상황이 달라도 한참 다르지 않은가.

주 1회 엑시머 레이저치료를 받으며 처방약 먹고 연고를 꼼꼼히 발랐다. 의사는 왼쪽 손등 피부에 괴사가 왔다며 좀 더 일찍 발견했다면 좋았을 걸 하며 아쉬워했다. 치료 시기를 놓친 것이다. 나에게 환부를 자꾸 들여다보지 말고 느긋하게 꾸준히 치료를 잘 받으라고 했다.

좋은 약 처방까지는 아니어도 자외선 차단이라도 알려주지, 동네 피부과 전문의가 원망스러웠다.

나는 외출할 때 자외선 차단 목적도 있지만, 남을 의식해 목에 스카프를 두르고 모자를 썼다. 장갑은 필수였다.

가을이 가고 겨울도 가더니 산수유와 개나리가 꽃망울을 드러냈다. 계절이 바뀌는 동안 나는 꾸준히 병원을 드나들었다. 환부를 찾아 레이저를 쏘던 의사의 표정이 조금 밝아졌다. 괴사했다던 손등은 본래의 살색을 거의 되찾았고 옹기종기 모였던 섬들도 물에 잠긴 듯 대부분 사라졌다. 어떤 할머니는 가슴 넓게 자리한 백납을 2

년 동안 치료했지만 5㎜ 줄었고, 또 누구는 치료가 안 되어 큰 병원으로 보내 피부이식을 했다는데, 나는 운이 좋았다. 매주 병원 다니는 것도 힘들고, 다 늙어 피부에 신경쓰는 것도 보이기 싫었는데 얼마나 다행인지 모른다.

삶이란 마음밭에 희로애락喜怒哀樂의 얼룩이 하나하나 이어져 점철되는 과정이라고 들었다. 하지만 누구에게는 티끌 같은 작은 것 하나로도 세상과의 문을 닫고 싶을 만큼 힘들기도 하다. 믿지 않겠지만, 나에게 얼룩이 그런 것이었다.

왼손가위

의사는 한쪽 팔꿈치를 테이블 중앙에 세우고 손목을 앞뒤로 까딱까딱했다. 이어서 손바닥을 뒤로 젖혔다. 그러더니 자기처럼 해보란다. 내 왼쪽 손목은 조금 '까딱'거렸지만 손바닥은 젖혀지지 않았다. 그는 고개를 갸웃하더니 혼잣말로 오래간다며 뼈가 잘 붙었는지 사진을 찍어보자고 했다.

영상실에 들어서자 기사는 손을 또 다쳤냐고 물었다. 나는 고개를 저었다. 그는 바닥에 펼친 내 손등과 손을 옆으로 세운 상태를 촬영했다.

방금 찍은 엑스레이 사진 두 컷과 지난 1월 골절 사진을 비교하며 설명하는 의사의 표정이 밝았다.

"뼈가 99프로 정도 잘 붙었습니다."

골절사고 24주 만이었다.

눈이 살짝 내린 1월의 아침, 그날 따라 꼼짝하기 싫었지만 피치 못할 일로 외출을 했다. 조심스럽게 발을 내디뎠는데 살짝 언 도로에서 미끄러지면서 뒤로 넘어졌다. 정신이 아득했다. 간신히 일어났는데 왼쪽 손목이 빨갛게 부어오르며 열이 나고 통증이 왔다. 넘어질 때 무의식 중에 왼손을 짚은 모양이었다. 눈을 한 줌 집어서 손목 위에 얹었다. 통증은 점점 심해졌다. 급한 대로 볼일을 마치고 집에 왔다. 냉동실에서 꺼낸 얼음으로 찜질을 했다. 그때만 해도 골절은 생각지도 못했다. 점심시간이 지난 오후 2시에 평소 다니던 동네 정형외과에 갔다.

엑스레이 촬영 결과 손목 분쇄골절이란 진단이 나왔다. 분쇄골절이란 골절 때 생긴 뼛조각이 한 개 이상이라는 말이다. 의사는 종합병원에 가면 분명 수술을 권할 거라며, 고령인데다 분쇄골절이니 수술을 하지 않는 게 좋겠다고 했다. 의사는 내 뒤에서 팔을 잡고, 촬영기사는 앞에서 손을 잡은 채 양쪽에서 조심스럽게 잡아당기자 '톡' 극히 미세한 소리가 났다. 뼈가 맞춰진 모양이었다. 기사는 팔꿈치 10여 센티 윗부분에서부터 손등까지 압박붕대를 감아주었다. 뼈를 깎는 고통이라더니 극심한 통증으로 어쩔 줄 몰랐다. 진통제를 먹으며 3일 지나서 부기가 어느 정도 빠지자, 압박붕대를 풀고 온 깁스를 한 후에 팔걸이를 해서 목에 걸었다. 'ㄱ' 자로 구부린 팔은 늘 무거웠다. 잘 때는 베개나 쿠션 위에 팔을 올려놓았다. 뼈가 잘 붙으려면 고단백을 섭취해야 한다는데 심한 통증으로 식욕을 잃었다.

6주 후, 뼈가 60프로 정도 붙었을 때 깁스를 제거했다. 팔걸이까지 내려놓으니 날아갈 것 같았다. 그 대신 손목보호대를 착용했다. 손목보호대는 찍찍이가 있어 외출할 때나 잠을 잘 때만 착용했다. 손이 퉁퉁 붓고 손가락 사이가 짓물러 수시로 마데카솔 파우더를 뿌렸다. 순간의 방심 결과는 컸고 내 몸의 소중함을 새삼 깨달았다. 빨리 낫고 싶어 한의원에도 여러 번 갔지만 골절에는 침 효과가 없는 듯했다. 통증이 차츰 가시자 주사와 약이 중단됐고 재활치료가 시작되었다.

뼈가 붙는 사이 체중은 4kg이나 빠졌다. 식욕이 떨어지고 움직이지 않으니 근육이 저절로 빠진 것이다. 수영을 다시 시작했다. 굳어진 팔꿈치와 어깨가 유연해지면서 근육도 점점 붙는 느낌이 들었다. 틈틈이 밥상 위에 콩을 펼쳐놓고 왼손으로 한 알씩 집어 그릇에 담고 마늘도 깠다. 사위가 택배로 보내준 악력기로 근력운동도 하고, 오른손으로 왼손을 수시로 마사지하며 관절운동을 반복했다.

물리치료사는 정해진 병원 치료에만 의존하지 않고 집에서 이것저것 시도하는 나에게 하루는 '왼손가위질'을 권했다. 무엇이든 다 있다는 '다이소'에 왼손가위는 없었다. 아들이 왼손가위를 사왔다. 비닐포장 위에는 '왼손잡이를 위한 전용가위'라고 써 있었다. 세계 인구의 10%가 왼손잡이라는데 나는 왼손가위를 처음 보았다. 왼손가위는 일반 가위와 다르지 않았다. 타원의 손잡이에서 날씬하게 뻗어내린 두 개의 가윗날, 두 날 중간 부분에 나사 하나로 고정한 것도 그렇다. 그런데 가위 둘 다 엄지 가윗날이 밑에 있다. 엄지 가윗날은 밑에 자리한 채 제 짝을 받쳐주고 있었다. 뒤집어도 마찬가지였다.

왼손가위는 이름처럼 왼손가위질이 잘 되었다. 박스에 종이를 담아놓고 티브이를 보면서 드라마에서 나오는 고래도 오려보고 튤립, 나비, 초승달 등 손이 가는 대로 오리고 잘랐다. '레오나르도 다빈치'는 오른손으로 그림을 그리고 왼손으로 글을 썼다고 한다. 이러다가 나도 양손잡이가 되는 건 아닐는지.

'쏴아' 물보라를 일으키며 밀려왔다가 매정하게 물러가고 때로는 높게도 낮게도 변화무쌍한 파도처럼, 때때로 우울하고 오래 가려나 보다 체념하다가 만일 뼈가 으스러졌으면 어쩔 뻔했냐고 위로하며 자신을 다독였다.

며느리가 수시로 음식을 해오고 주말에는 아들 내외랑 바람을 쐬며 맛집에도 가고, 친우랑 어울려 맛있는 음식을 먹는다. 이젠 입맛이 돌아와 잘 먹고 잠도 잘 잔다.

또다시 계절이 바뀌어 조석으로 서늘해졌다. 한낮엔 볕이 따갑다. 오랜만에 밀린 숙제 베란다 청소를 했다. 두 손으로 화분을 옮겨가며 물청소를 하고 나니 기분까지 개운해졌다.

두 개의 가위 날은 나사 하나로 조여져 한 개의 가위가 되었다. 사람도 마음이 연결되어 인연이 된다. 혼자서는 살 수 없는 세상,

함께 어울리고 도움을 주고받으며 살아간다. 나의 소박한 바람은 잘 먹고 잘 자고 잘 걸으며 마음 기댈 곳 있는 데서 무탈하게 지내는 것이다.

그나저나 나의 다음 목표는 아기들처럼 '잼잼'을 하는 것인데 언제쯤 가능해지려나.

파랑 색연필

요한 슈트라우스의 경쾌한 왈츠가 울려퍼지는 아침이다. 신문을 보다가 좋아하는 글을 만나면 으레 파랑 색연필로 밑줄을 긋는다. 연필심은 부드럽고 색상이 선명해서 밑줄긋기에 그만이다.

길이 17㎝인 파랑 색연필은 긴 플라스틱 코트를 입고 마법사처럼 고깔모자에 투명한 구두를 신었다. 구두가 오른쪽으로 향하면 연필심이 위로 올라가고 반대일 때는 제자리로 돌아온다. 칼 없이도 누구나 사용하기 편하고, 구르거나 바닥에 떨어져도 안전하다.

몸통 아랫부분에는 누렇게 색이 바랜 견출지 한 장이 붙어 있다. 견출지에는 '1~2 최OO'라고 쓰여 있다. 며느리는 손자의 학용품마다 일일이 이름을 붙여주었던가보다.

우리는 첫 돌상에서 연필을 만나고, 젓가락질을 배울 때쯤 연필을 쥔다. 초등학교에 입학한 아이는 고사리손으로 색색의 색연필을 쥐고 하얀 도화지에 직선과 사선, 곡선과 나선을 그렸고, 숫자도 쓰고 그림도 그려가며 신나게 색칠을 했을게다.

아이의 색연필이 어떻게 내게로 왔는지 정확히 기억나지 않지만, 언젠가 아들네 이삿날, 빈 방바닥 먼지 속에 있는 걸 주워 호주머니에 넣었던 기억이 어렴풋하다. 손자가 초등학교 1학년 때 쓰던 것이니 대충 셈을 해도 우리와의 인연은 16년쯤 됐다. 아이의 손길 스민 색연필은 내 책상 연필꽂이에 늘 꽂혀 있다.

손자는 밝고 건강하게 잘 자랐다. 달리기와 축구, 테니스에 능하다, 어려서부터 친구를 좋아하고 친구들이 집에 자주 놀러왔다. 친구들이 왜 너를 좋아하느냐고 물어보니 “친구들은 제가 욕을 하지 않아서 좋대요” 대답한다. 아이가 대견했다.

고사리손으로 색연필을 쥐고 하얀 도화지에 어설프게 그림을 그렸던 개구쟁이는 건축공학도가 되었다. 2019년 전국 대학생 학술발표 경진대회에서 최우수상을 수상했고, 대외적인 행사에 적극 참여하며 졸업전에 건축기사 자격증을 따서 기뻤다.

손자는 대학을 졸업하고 공군 학사장교로 입대해서 진주에서 군사훈련을 받았다. 머리를 빡빡 깎고 얼룩무늬 군복을 입은 손자의 사진을 들여다본다. 손자는 아들을 많이 닮았다.

30여 년 전, 아들은 육군 학사장교로 입대해, 여름철 뙤약볕 아래서 군복이 땀에 흠뻑 젖도록 온종일 훈련을 받으며 매일 소금을 한 줌씩 먹었단다. 그해 여름 나는 아들 생각에 양산도 들지 않았고 선풍기도 켤 수 없었다.

5월 셋째 주에 손자의 12주 훈련이 끝나고 소위 임관식이 있다. 감색 군복 어깨에 다이아몬드 계급장이 빛나는 자랑스러운 손자의 모습을 그리며 탁상용 달력을 넘겨 5월 28일 그 날짜에 파랑 색연필로 동그라미를 그렸다.

손자는 병과兵科 공병工兵에서 1등 성적으로 훈련단장(준장)이 수여하는 메달을 목에 걸었다. 공병 병과 5주간 교육을 마친 후 국방부 시설본부에서 공군 소위로 근무했다. 1년 후 중위로 진급했다.

핸드폰을 열었다. 손자한테 카톡이 와 있다.

"할머니, 저 OO회사 최종 합격했어요. 조금 전에 발표가 났어요."

"우리 손자 장하다. 축하해요."

공군 학사장교로 3년 복무를 마친 아이는 지난 5월 말에 제대했다. 지금 홀가분하게 발리 여행 중이다. 나는 파랑 색연필로 손자의 직장 첫 출근일 7월 1일에 동그라미를 그렸다. 좋은 만남과 훌륭한 사람으로 자리매김하기를 기도한다.

품위 있는 그녀

역사는 후텁지근했다. 나는 문우 J가 소개한 한의원에 가기 위해 9호선 열차에 올랐다. 전철 안은 시원하다 못해 서늘했다.

오랜만에 만난 J는 요즘 허리가 아파 한의원에서 침을 맞는다고 했다. 나는 그 말에 귀가 솔깃했다. 얼마 전 넘어져 다친 다리가 잘 낫지 않아서였다. J는 내 다리를 보더니 많이 부었다며 침이 좋을 것 같다고 했다. 집에 오자마자 소개받은 한의원에 예약했다.

젊었을 때 한두 번 침을 맞고는 처음이다. 왠지 긴장이 되었다. 겁도 났다. 코로나19로 전 국민이 마스크를 쓰고 있어 의사 전달이나 제대로 할 수 있을지도 의문이었다. 가뜩이나 말수가 적은 나는 더듬거릴 게 걱정되었다. 시간도 절약할 겸 가는 동안 메모지를 꺼내 할 말을 한 자씩 적어두었다.

'20일 전 초저녁에 버스 타려고 뛰어가다 오른발이 돌부리에 걸려 앞으로 넘어짐. 오른 손바닥이….'

"세종대왕님이 참 고맙지요? 우리한테 글이 없었다면 얼마나 답답했겠어요."

내 옆자리에 앉은 이가 메모하는 나를 보고 웃으면서 말을 걸었다.

"예, 맞아요."

나는 그를 향해 고개를 끄덕였다. 표정이 곱고 품위 있어 보이는 할머니였다. 그는 내가 불안해하다가 메모하는 것을 지켜봤노라고 했다. 자신은 일본어와 우리말을 완벽하게 한다며 올해 아흔 살이고 혼자 산다고 했다. 그는 고속터미널역에서 내렸다. 단아하고 꼿꼿한 뒤태에서도 구십 노인이라는 생각이 전연 들지 않았다.

언니는 지난해 팔십넷에 돌아가셨다. 나는 올해 여든한 살이다. 문득문득 언니 생각이 나고 은연중에 나도 언니만큼 살다갈 것 같았는데 처음 본 사람과 불과 오륙 분 대화를 하면서 그이처럼 건강하고 당당하게 구십을 넘기고 싶었다.

나는 메모지에 써야 할 말을 이어서 적었다. '… 손바닥이 벗겨지고 피가 남. 청바지를 입어서 다리에 상처는 없지만 오른쪽 무릎 부위가 빨개짐. 병원에 가지 않고 집에서 아픈 부위에 온찜질을 함. 걸을 때 오른쪽 엉치가 아픔.' 메모지를 접어서 가방에 넣었다. 그리고 눈에 피로가 몰려와 잠시 눈을 감았다.

안내방송 소리에 눈을 떴다. 깜빡 잠이 들었나보다. 그런데 방송은 이미 끝나서 어디쯤인지 종잡을 수가 없었다. 그때 맞은편 출입문 위쪽 작은 스크린에 문자가 떴다. '이번 역은 언주, 다음 역은 선정릉입니다.' 휴, 내릴 곳을 지나지 않아서 다행이었다.

원장실에서 오십 중반의 성실해보이는 한의사와 마주 앉았다. 원장은 내가 적어준 메모를 컴퓨터에 입력했다. 그 외, 이것저것 간단히 묻던 그는 다친 당일에는 냉찜질, 이후로는 온찜질을 해야 한다고 말해주었다.

의사의 지시에 따라 진찰대에 엎드렸다. 그는 허리와 다리 여러 곳을 손으로 누르더니 다리를 '구부려라 펴라' 하면서 여러 동작을 반복하게 했다. 진찰이 끝나자 간호사는 커튼이 쳐 있는 침방으로 나를 안내했다. 의사는 오른편 무릎 안쪽, 오금에 베개를 받친 후 무릎에 침을 여러 개 꽂았다. 세어보니 열다섯 개였다. 무릎은 마치 고슴도치처럼 되었다. 10분 후 간호사가 침을 뽑고는 적외선을 쪼여주었다. 11시 반부터 시작된 진료는 1시 반에야 끝이 났다. 의사는 당분간 일주일에 두 번 치료받으러 오라고 했다. 한여름 복중에 침을 맞아야 하나. 한숨이 절로 났다.

20일 전 사고는 우습게 일어났다. 당일, 모임이 생각보다 늦게 끝났다. 지하철에서 내려 밖으로 나왔을 땐 이미 사위는 어둠에 젖어 있었다. 퇴근시간이라 정류장은 혼잡했다. 버스정류장 긴 의자에 앉아서 마을버스를 기다리고 있었다. 알림판에 버스가 곧 도착한다는 메시지가 떴고 잠시 후 내가 타야 할 버스가 다른 방향 버스 뒤로 달려오고 있었다. 사람들이 뛰다시피 마을버스를 향해 몰려갔다. 나도 얼떨결에 그들을 따라가기 위해 엉거주춤 일어섰다. 그날 따라 짐이 많았다. 책가방과 다른 짐을 양손에 들고 몇 걸음쯤 뛰다가 그만 돌부리에 걸려 넘어지고 말았다. 몹시 아프기도 했지만 창피해서 그대로 얼굴을 바닥에 묻고 싶었다. 내가 타야 할 마을버스 불빛이 내 모습을 안쓰럽다는 듯 비춰주었다. 나는 간신히 일어나 부릉대는 차에 올라탔다.

기사는 괜찮으냐고 물었다. 손님이 있으면 다 탈 때까지 기다리는데 짐도 있으면서 위험하게 왜 그리 뛰었느냐며 걱정해주었다. 무릎이 욱신거렸지만 그 아픔보다 창피함으로 고개를 들지 못했다.

버스에서 내려 천천히 집을 향해 걸었다. 초승달이 나뭇가지 사이로 실눈을 뜨고 나를 내려다보았다. 나는 달을 보며 피식 웃었다. 생각할수록 어이가 없었다. 젊어서 직장생활할 때 동동거리던 습관이 아직도 남아 있는 걸까? 그 버스 못 타면 다음 차를 타면 되는 것을 왜 그렇게 서둘렀는지 모를 일이다. 또 짐은 왜 들고 다니는지. 나름대로 품위를 유지하며 살았는데.

오늘 지하철에서 만난 아흔의 그 노인처럼 느긋하게 여유를 갖고 품위있게 살자.

구두

퇴직 후 여행을 다니면서 발도 보호할 겸 편한 신발이 필요했다. 백화점 쇼핑을 하면서 내 눈에 들어온 것이 '랜드로버'였다. 판매원은 랜드로버를 '옥스퍼드형 구두'라고 했다. 치수를 확인하고 신어봤다. 앞코가 길고 여유가 있어 발가락이 조이지 않고 편했다. 바닥에는 홈이 있어 미끄럼방지 효과도 있었다. 구두끈이 발 위에 예쁘게 매어졌고, 신발 안쪽에 지퍼가 있어 신고 벗기가 쉬워보였다. 디자인도 맘에 들었다.

갈색구두 '랜드로버'는 나와 오랜 시간을 함께했다. 모양이 예뻐서 샀지만 길들여질 때까지는 발등을 덮고 발목까지 올라와 불편했다. 하지만 계속 신고 다니다보니 언제부턴가 익숙하고 발이 편해졌다.

구두는 신는 사람만이 불편하고 편하고를 알 수 있다. 어느 부분이 발을 아프게 하는지 아무도 모른다. 랜드로버는 이름에 걸맞게

산길이나 자갈길, 진흙길에서도 발을 보호해주고 싫은 내색 없이 십년지기처럼 나와 함께했다. 어떤 옷을 입어도 잘 어울려 평소에도 자주 신었다. 튼튼해서 구두수선집에 한번도 간 적 없고 밑창도 멀쩡했다.

세월이 가면서 앞코가 벗겨지고 군데군데 생채기가 나면서 안창도 닳았다. 이제는 이별할 때가 되었나 싶어 깨끗하게 닦아서 보내주고 싶었다.

구두수선공처럼 솔로 먼지를 꼼꼼하게 털어냈다. 오른손 검지와 중지에 천을 말아서 구두약을 묻혀 골고루 발라주었다. 생채기가 있는 부위엔 약을 좀 더 듬뿍 발랐다. 20여 분 후 구두약이 배었다 싶었을 때 융으로 정성껏 문지르자 믿기지 않을 정도로 구두코가 윤이 나면서 잘 나가던 한창때 모습으로 되살아났다.

내친김에 신발장 정리를 했다. 신발을 하나, 둘 꺼내다보니 의외로 많았다. 현관 바닥에는 꺼내놓은 신발들로 가득했다. 등산화, 볼링화, 골프화, 샌들…. 대충 봐도 30켤레는 넘어보였다. 발등 위로 초콜릿색 꽃잎이 조각된 갈색 샌들은 10여 년 전 스페인 여행 때 샀는데 내가 특별히 좋아하는 신발이다. 속에 털이 소복한 발목 닿는 부츠는 신을 때마다 귀족적인 멋이 있다. 모두 진창이든 들길이든 가리지 않았던 신발들이다. 때로는 당당하기도 했고, 풀이 죽기도 한 소소한 내 행보를 기억하는 구두들이다. 맘먹고 하나하나 정성껏 닦아주었다. 몇 시간에 걸쳐 구두 손질을 마치자 마음까지 개운

해졌다.

언젠가 친구들과 음식점에 갔을 때였다. 구두를 벗어놓고 곧장 방으로 들어갔다. 식사를 마치고 구두를 찾아 신으려는데 식당 종업원은 우리들의 신발을 사진 찍어두었다가 내어주는 것처럼 정확하게 앞으로 꺼내다주었다. 어떻게 그 많은 신발을 기억할까 신기할 따름이었다. 구두를 보면 그 사람이 보인다던데, 혹시 나와 구두가 어떻게 닮아보였던 것일까.

지나온 길을 되돌아보면 나의 발걸음은 늘 고단했다. 그래도 평생 내 몸을 지탱해준 건강한 발 덕분에 교단에서 30여 년 아이들을 가르칠 수 있었다. 퇴직 후에는 랜드로버를 신고 아프리카와 중남미를 비롯해 세계 곳곳을 별다른 불편함 없이 여행했다.

깨끗이 닦은 신발을 신발장에 넣는다. 이따금 신는 신발 속에는 신문지를 뭉쳐서 넣은 후 신발장 맨 윗간에 올려놓았다. 앞으로 신을 기회가 없어 보이는 신발은 과감히 버리기로 했다. 그렇게 신발들은 삽시간에 분리가 됐다.

갈색 랜드로버 바닥 안창에는 'LANDROVER'라는 글자가 선명하다. '나는 해졌지만 근본이 있는 몸'이라고 말하는 것 같았다. 나는 고개를 끄덕여주었다.

랜드로버를 신발장 중앙, 가장 잘 보이는 곳에 올려놓았다. 조금 낡았으면 어떤가, 나와 함께 걸어온 신발인데. 앞으로 또 얼마나 함께 걸을지 나도 랜드로버도, 묻고 있었다.

도토리묵

아침나절에 살포시 내리던 눈이 갑자기 휘몰아치며 거센 바람을 타고 이리저리 난분분亂粉粉이다. 비가 내려 식물이 싹이 튼다는 우수雨水도 지났건만 코로나19로 인한 사회적 거리두기는 생활 자체를 흔들어놓았다. 봄은 완연한데도 정취조차 느낄 여유가 없다.

요즘 나의 유일한 낙은 일요일 저녁에 아들네로 가서 식사를 함께하는 것이다. 아들은 매번 나를 픽업해간다. 하지만 요즘 아들의 바쁜 일정으로 만남이 뜸해졌다. 허전했다. 왠지 불안한 마음도 들었다. 나 홀로 외딴 섬에 고립된 기분이 들면서 사는 것이 재미없어졌다.

그런데 오늘 아침, 아들에게서 이번 주말에 같이 식사하자는 연락이 왔다. 직장일로 지방에 머물며 주말에나 집에 올라오는 아들이었다. 아들이 그리워지면서 내 기분은 언제 그랬냐는 듯 밝아졌다. 모처럼 모이는 우리들, 내 손으로 특별한 음식을 해주고 싶었다.

세상이 뒤숭숭하니 마트에 가는 것도 조심스럽다. 집에 있는 재료를 이용해 여느 때 먹지 않던 음식을 만들어볼 참이었다. 도토리가루를 꺼내 묵 쑬 준비를 했다. 요즘에는 좋은 도토리가루 구하기가 쉽지 않다. 지인의 산촌에 사는 동생이 얼마 전 운 좋게 도토리가루를 구해주었다.

우리나라는 예로부터 흉년이 들면 구황식품救荒食品으로 도토리가루로 수제비를 하거나 묵을 쑤어 먹었다. 요즘에는 별식으로 도토리묵을 먹는다. 도토리는 탄닌 성분이 있어 약간 떫은맛이 나지만, 피로회복과 숙취에 좋다. 부드럽고 칼로리가 낮아 다이어트식품으로도 인기가 높다. 무엇보다 도토리 속에 함유된 '아콘산'은 인체 내부의 중금속과 유해물질을 흡수해 배출시키는 역할을 한다.

오래 전에 도토리묵을 쑤어본 기억을 더듬어 두껍고 큰 냄비를 준비했다. 냄비에 도토리가루와 물을 1 대 6 비율로 섞어서 긴 나무주걱으로 휘휘 저어주었다. 자칫 냄비 바닥에 눌어붙지 않도록, 풀을 쑬 때처럼 불은 뭉근한 약불이어야 한다. 20여 분이 지나면서 도토리껍질처럼 예쁜 갈색을 띠며 걸쭉해졌다. 소금 한 티스푼, 들기름 두 숟가락을 넣어 젓는데, 윤기 도는 갈색 표면이 동그라미를 그리며 밥물이 끓어넘듯 '우르르' 차오른다. 덩달아 주걱질이 빨라진다. 잠시 후 가스불을 끈 후 냄비뚜껑을 덮고 뜸을 들인다. 뜨거운 도토리 국물을 국자로 떠서 준비한 네모진 유리그릇 세 개에 재빨리 퍼담았다. 표면을 숟가락으로 매끄럽게 매만지는 건 기본이다.

열기가 가시고 서너 시간이 지나면서 탄력 있는 도토리묵이 완성되었다.

머느리는 찰밥을 김에 싸서 먹는 걸 좋아한다. 며느리를 위해 찰밥과 무나물을 준비할 차례다. 미리 삶아놓은 팥과 씻어놓은 조, 수수, 서리태콩과 찹쌀을 섞어 압력밥솥에 안친다. 쌀밥을 할 때보다 밥물을 덜 붓고 소금 한 티스푼을 넣고 가스불을 켰다. 무는 채 썰어 들기름에 볶다가 새우젓 간을 한 후 파와 다진 마늘을 듬뿍 넣고 살짝 볶았다.

아들 내외의 일정을 몰라서 며느리에게 문자를 보냈다.

"찰밥과 무나물, 도토리묵을 쑤었으니 참고해요."

며느리는 6시경에 도착할 것 같다고 곧바로 답을 보내왔다.

둘레상 위에는 찰밥과 김, 무나물, 며느리가 준비해온 등갈비 김치찌개와 함께, 접시에 반듯하게 썰어 담은 도토리묵과 참기름 서너 방울 떨어뜨린 간장보시기가 놓여 있다. 장을 보지 않았어도 밥상은 푸짐했다. 하기야 식구들끼리 먹는 밥상에 무슨 형식이 필요할까. 며느리는 도토리묵이 쫀득쫀득하니 맛있다며 간장에 찍어 먹었다. 아들 내외가 맛있게 먹는 것을 보니 흐뭇했다. 그런데 전연 낯설지 않은, 이전에 있었던 어떤 장면이 꿈속처럼 아스라이 떠올랐다.

우물 옆 살구나무에 살구가 노르스름하게 익어가는 한나절, 스물다섯 살 새댁은 대청마루에서 어린 시누이들과 시어머니랑 둘레상에서 점심을 먹는다. 시어머님께서 쑨 도토리묵을 참기름 듬뿍 넣은 간장에 찍어먹는 새댁의 모습이 어여쁘다. 도시에 살던 새댁은 쌉싸레한 맛이 도는 쫀득한 도토리묵의 별미를 그때 처음 알았다.

"어머니, 도토리묵이 쫀득쫀득하고 맛있어요."

여든 노인이 된 내가 흐릿한 윤곽 속 쉰을 갓 넘은 어머니의 옛 시간을 함께 보내고 있다. 내가 떠나고 없는 훗날, 며느리는 나와 보내는 이 시간을 어떻게 기억할까.

가족의 사랑, 그것은 어떤 모습이든 함께 한다는 것만으로도 소중하고 아름답다.

늙음은 도둑고양이처럼

파마기 없는 긴 생머리의 곱상한 여인과 검정 파카를 입은 잘생긴 청년이 엘리베이터 안으로 들어섰다. 청년이 여인에게 소곤댔다.

"엄마, 있잖아요…."

"아니, 모자간이세요? 나는 남매인 줄 알았어요."

나도 모르게 그들 대화에 끼어들었다.

"감사합니다. 우리 큰아이인데 고1이에요. 제가 결혼을 좀 일찍 했어요."

그들은 12층에 산다고 했다. 나는 며칠 전에 8층으로 이사 온 사람이라고 자연스럽게 인사를 나누었다.

옛날에는 처녀와 주부는 옷은 물론 머리 모양만으로도 구별이 되었다. 처녀는 댕기머리, 유부녀는 쪽찐머리였다. 요즘은 처녀인지 주부인지 도통 알 수가 없다. 되레 주부들이 아가씨보다 더 외모에 신경을 쓰는 것 같다.

나는 요즘 들어 가끔씩 젊었을 때를 기억하려고 한다. 어느 사이 여기까지 왔는지 문득 믿기지 않을 때도 있다. 그럴 때마다 앨범을 뒤적인다.

늙음은 도둑고양이처럼 살금살금 다가와 아예 표시도 내지 않고 자리를 틀어버리니 당사자는 좀체 눈치채지 못한다. 하지만 사진을 통해서 또는 오랜만에 만난 친구를 보면서 비로소 자신이 늙었다는 것을 알게 된다.

7년 전쯤 일이다. 저녁을 먹은 후 택배물을 가지러 경비실에 내려갔다. 경비아저씨는 내 얼굴을 보는가 싶더니 대뜸 말했다.

"할머니, 몇 호지요?"

누굴 보고 할머니라 하는지, 순간 기분이 언짢았다. 같은 말이라도 할머니보다는 아주머니가 낫지 않을까. 속으로 구시렁대며 택배물을 들고 나오는데, 등 뒤로 또 '할머니 어쩌구저쩌구' 한다. 나는 발길을 돌려 아저씨한테로 다가갔다. 기분이 좋을 때는 아무렇지 않은 일도 어떤 때는 반드시 짚고 넘어가야 속이 편하기 때문이었다.

"아저씨, 나 할머니 맞아요. 하지만 애들 할머니지 아저씨 할머닌가요? 내가 아저씨한테 할아버지, 할아버지 하면 좋겠어요?"

그는 주춤했고 그러거나 말거나 나는 벌처럼 쏘아대고 나왔다. 매너 없이 할머니가 뭐람. 우리 동창모임에 가면 남자 동창생들은 우리를 '여학생'이라고 부르는데…. 뒤에서 죄송하다는 말이 모기소리처럼 들려왔다.

며칠 후 외출하려고 1층 엘리베이터에서 내리는데, 맞은편 현관문이 열리면서 그 경비아저씨가 들어섰다. 먼저 일이 생각나 멋쩍었지만 되돌아갈 수도 없는, 길은 외길이었다. 그는 갑자기 나에게 거수경례를 하면서 '아안녕 하십니까?' 했다. 나도 '안녕하세요?' 하며 태연한 척 웃으며 인사를 했다.

언젠가 길을 가다가 '할머니' 소리를 처음 듣고 충격이 매우 컸다. 아이들이 할머니라고 하면 아무렇지 않았는데 며느리쯤 되는 여인이 할머니라고 하니 기분이 좋지 않았다. 친구들도 할머니 소리가 듣기 싫다고 했다. 그래서 나는 노인에게도 꼭 아저씨나 아주머니라고 부른다.

아가씨처럼 보이는 40대 초반의 여자가 택시를 탔는데 '아줌마, 어디 가세요' 하는 기사의 말에 충격을 받았단다. 남녀노소 할 것 없이 나이들어 보이는 것에는 민감하다.

50대 초반의 조카가 병원에서 순서를 기다리고 있었다. 40대 중반의 간호사가 '최OO 아버님'이라고 부르더란다. 조카는 어이가 없어서 내가 왜 당신 아버지냐? 아무개님 또는 아무개 환자분하면 좋지 않느냐고 핀잔을 줬단다. 병원이나 공공기관에서는 특히 호칭에 신경을 쓰면 좋겠다.

고려시대 역학자 우탁(1262-1342)의 「탄로가嘆老歌」이다.

한 손에 막대잡고 또 한 손에 가시 쥐고

늙는 길 가시로 막고 오는 백발 막대로 치렸더니
백발이 제 먼저 알고 지름길로 오더라.

지름길로 찾아오는 백발이라…. 딱 요즘 내가 느끼는 바와 같다.

근래 들어 나는 식성도 바뀌고 먹는 양도 줄었다. 부지중不知中에 늙어가고 있음을 깨달으면서 왠지 서글픔이 밀려온다. 정리하지 못할 것이 있나 주변을 살피게 되고 조급증이 생긴다. 하지만 노년은 누구나 만나는 삶의 소중한 과정이다. 오죽하면 늙는 것을 두고 '익어간다'고 표현했을까. 넘지 못할 슬픔도 없고 이기지 못할 어려움도 없다. 한발 한발 주어진 대로 나아갈 일이다.

그런대로 열심히 살아왔다. 팔십 평생 크게 아픈 적 없고 아이들 성가해 자리를 잡았다. 속 썩이는 자손 없이 나의 바람대로 잘 흐르고 있다. 이만하면 되지 않겠나.

기우는 달을 보며 나의 살아온 삶을 다독인다.

내가 기억하는 한 가지

홍천 비발디파크 꽃길을 산책 중이었다. 해마다 봄가을에 친구들과 함께하는데 그 길을 걸을 때면 왠지 마음이 푸근하다. 형형색색 국화 앞에서 사진을 찍고, 고개 숙여 꽃내음도 맡고, 서정주 시인의 「국화 옆에서」를 읊기도 하다가 콧노래도 부른다. 모두가 유유자적이다. E가 살며시 내 손을 잡았다. E는 중1 때 가사시간을 떠올리며 아기모자 만들던 생각이 나느냐고 물었다. 그러고는 "문자야, 넌 어떤 일이 있어도 다시 일어설 줄 알았어" 하는 것이다. 갑자기 뜬금없었다.

나는 초등학교 6년 동안 다섯 번 전학을 다녔다. 4학년 때 한국전쟁이 일어났고 3개월 후 서울이 수복되었지만 우리나라는 여전히 전쟁 중이었다. 경찰공무원이었던 아버지는 전근이 잦았다. 4학년 말에 우리 집은 부여로 이사했고 나는 이듬해 4월 부여여중에 입학했다. 하지만 학교 건물이 없어 백제탑 옆에 있는 남자 중학교로 다녔다. 여중은 1학년부터 3학년까지 각 한 반씩인데 우리가 3회 입학생이었다. 공부보다는 매일 운동장에 쪼그리고 앉아서 풀 뽑는 일이 전부였다. 그해 5월에 박물관 뒤쪽에 있는 허름한 건물로 우리 여자 중학교가 이전했다. 작은 교무실과 세 개의 교실, 마당에 농구대 하나가 있었다.

우리 반 50여 명 중 규암면에서 배를 타고 백마강을 건너는 친구는 스무 명이었다. 그 중 절반이 장암면에서 새벽에 10리 길을 걸어 규암에서 배를 탔다. 배에서 내려 다시 5리를 걸어야 학교에 도착할 수 있었다. 그러니까 그들은 왕복 30리 길을 걸어서 학교에 다녔다.

교사도 몇 분 안 되었다. 국어선생과 미술선생, O선생, 올드미스 P선생이 전부였다. O선생은 수학과 음악을 가르쳤고, 역사와 가사는 P선생이 맡았다.

가사 첫 시간에 P선생은 핑크색 아기모자를 보여주었다. 모자 앞부분에 프릴이 있고 끈이 달린, 두 겹으로 된 고깔모자였다. 예쁜 모자 만들 생각에 설렜지만 그것이 고통의 시작일 줄은 미처 몰랐다. 다음 시간에 선생님으로부터 받은 재료는 겉감과 안감, 끈과 프릴 등으로 만드는 천들이 따로 있었다. 일주일에 한 시간으로 가사 시간에 선생님께 배우는 것은 없고 집에서 숙제해오는 것의 반복이었다. 친구들은 어머니와 언니한테 배우고 가족 중 누군가가 숙제를 대신해주기도 했지만, 우리 엄마는 늘 편찮으셔서 그럴 수 없었다. 무엇보다도 나는 숙제를 내 손으로 꼭 해야만 되는 줄 알았다.

그동안 바늘 한번 쥐어보지 못한 나는 손가락을 바늘에 찔리며 친구들이 바느질하는 걸 어깨 너머로 보면서 배웠다. 그렇다 하더라도 친구들 것과 비교해보면 내 것은 엉망이었다. 뜯었다 꿰매기를 반복하다보니 핑크색 모자는 손때가 묻어 새까매졌다.

그런데 맨 뒤에 앉은 장암에 사는 L은 바느질을 무척 잘했다. 우리보다 두세 살 더 많은 그 친구는 쉬는 시간에도 자리에 앉아서 수틀에 코를 박고 수를 놓거나 아기모자를 만들었다. '수제비 잘하는 사람 국수도 잘한다'고 L이 맨 먼저 아기모자를 완성했다. 개인차가 커서 완성되는 대로 개별적으로 선생님께 검사를 맡았다. 나는 꼴찌로, 그것도 손때가 묻어 새카매진 모자를 들고 P선생 앞에 섰다. 선생님은 내 어깨를 토닥여주며 애썼다고 했다. 나는 하나를 손에 쥐면 끝을 봐야 하는 성격이어서 선생님의 칭찬이 어느 때보다 더 기분좋았다.

10월 중순에 대전으로 이사했다. 대전여중으로 전학했지만 학교 건물은 육군병원으로 사용 중이었다. 변두리 대동에 있는 제사공장 큰 건물이 내가 다닐 임시학교였다. 한 학년은 여덟 반씩이었다. 수학은 대수와 기하, 과학은 물리와 화학, 가사와 수예 등으로 교과는 세분화되었고 한문, 음악, 미술, 체육 등 교과마다 교사가 따로 있었다.

기초가 없는 나로서는 어린 마음에도 위기감을 느껴 밤새워 공부를 했다. 밥 먹는 시간 외에는 무조건 책상 앞에 앉아 있었다. 그 덕에 1학년 말에 2등을 했다. 나는 담임선생님과 친구들에게 인정을 받았고 부모님을 기쁘게 해드렸다.

훗날 내가 4학년 담임을 맡았을 때이다. 실과시간에 '바느질' 단원에서 바느질의 기초를 가르치게 되었다. 선을 따라 홈질, 감침질, 박음질 등을 지도하면서 중1 때 아기모자 만들던 장면이 떠올랐다. 내 경우에는 어떤 기초도 가르치지 않고 아이들에게 숙제를 내는 건 있을 수 없는 일이었다. 아이들이 바늘에 찔리지 않도록 주의를 주면서 한땀 한땀 바느질법을 일러주었다. 그때 P선생은 기초도 없는 우리들에게 무엇을 가르치려 했던 것일까?

그 사람을 어떤 모습으로 기억하느냐는 개인에 따라 다르다. 친구 E에게는 하도 만지작거려 새까매진 아기모자를 꼴찌로 검사받았던 내가 안쓰럽게 기억되었나보다. 누구에게나 그런 경험은 있을 것이다. 나도 마찬가지다. 내게는 쉬는 시간에 L이 '수틀에 코 박고 수놓는 모습'과 얼굴이 하얗고 예쁜 K가 교단에서 양손 모으고 '봄처녀'를 부르던 모습이 떠오른다. 부러운 친구들이었다.

L은 결혼 후 동네에서 큰 이불가게를 차렸다. 한복과 이불을 만들며 크게 번창했고 삼남매를 교육시켰다. 그는 중1 때 자신의 소질을 발견했을 테고 나중에 재능을 살려 꿈을 실현했다.

모든 일에는 다 뜻이 있는 것 같다. 나는 아기모자를 만들면서 인내심과 자립심, 포기하지 않는 무엇을 배웠는지도 모른다. 불운도

불행도 따지고 보면 운이다. 문제는 자신이 처한 상황에서 최선을 다할 일이다. 청명한 날이 있는가 하면 태풍이 휘몰아치는 날도 있듯이 한평생을 살면서 예상치 못한 광풍에 휘말릴 날이 왜 없겠는가. 힘든 시절을 묵묵히 잘 견뎌준 어린 날의 내가 대견하다.

우리는 아무도 모른다. 어떤 날의 불행이 전화위복이 되기도 한다는 것을.

베개

반 뼘 정도 높이에 폭이 50센티미터도 채 안 되는 작은 베개는 나와 5, 6년 세월을 함께했다. 작아진 몸집으로 충직하게 내 잠자리를 책임지고 있다. 오늘도 베개가 움푹 파이도록 단잠을 잤다. 나는 잠에서 깨도 금방 일어나지 않는다. 눈을 감은 채 뜸을 들이노라면 그 따스함과 안온安穩함으로 행복해진다.

베갯속은 메밀껍질로 채웠다. 뽀송뽀송한 베개를 베고 누우면 '사각사각' 소리가 들린다. 잠이 쉬 오지 않아 몸을 뒤척일 때면 '사그락' 소리를 내며 베개가 나를 토닥이는 것도 같다. 어쩌다 다른 베개를 베면 남의 것처럼 불편하여 다시 그 베개를 찾게 된다.

이불은 철 따라 바뀌지만, 베개는 한결같이 그것이다. 엷은 황갈색 바탕에 자잘한 꽃무늬 천 옷을 입은 베개는 볕 좋은 날 일광욕할 때 빼곤 늘 작은 타월로 덮여 침대 머리맡에 놓여 있다.

삶의 끝에 죽음이 있듯이 하루의 끝에는 잠이 있다. 내가 청하든 그렇지 않든 어김없이 찾아오는 게 잠이다. 남녀노소, 빈부귀천, 어리석거나 지혜롭거나, 모두에게 하루의 끝에 잠자는 시간이 주어진다. 잠은 몸이 스스로 처방하는 회복제처럼 마음의 상처까지도 아물게 한다. 잠을 자는 동안 걱정과 불안도 멈추는 것 같다. 좋은 베개는 좋은 잠을 불러준다.

꿈은 잠을 자면서 꾼다. 잠속엔 꿈의 씨앗이 들어 있는 것 같다. 자면서 보고, 듣고, 먹고, 놀고, 울고, 웃고 하는 모든 것들이 꿈으로 이어질 때 나는 꿈인지 현실인지 헷갈리곤 한다. 잠자리에 들어와 온통 나를 시달리게 하고 해가 뜨면 언제 그랬냐는 듯 어디론가 사라져버리는 꿈도 있다. 꿈을 꾸고 있다는 것을 어렴풋이 알면서도 이어지는 '자각몽自覺夢'을 꿀 때가 있고, 생생한 통꿈을 꾸기도 한다. 지난 봄에는 밤하늘의 북두칠성 꿈을 선명하게 꾸었다. 별[星] 꿈을 꾸고 나서 무슨 좋은 일이 있으려나, 은근히 기대도 하면서 한동안 마음이 들떴던 적도 있다.

낮잠은 밤잠과 달리 불쑥 찾아온다. 세상에서 제일 무거운 것이 눈꺼풀이라더니, 하품을 쉴 새 없이 하다가 보던 책을 덮고 까무룩 소파에서 잠이 든다. 30여 분 빠져든 낮잠은 꿀맛이다. 그때는 꿈도 염치가 있는지 끼어들 틈이 없다.

오래 전에 스페인, 그리스 등 지중해 연안을 여행할 때 시에스타 Siesta에 대해 알 수 있었다. 낮잠 자는 풍습을 뜻하는데 라틴어로는 '여섯 번째 시간'에서 유래됐다고 한다. 나라마다 잠자는 시간은 차이가 있지만 대개 두 시간 남짓으로 과학적 연구를 통해 낮잠의 효능을 밝힌 바 있다. 실제로 그 시간대 레스토랑, 가게, 은행 등은 영업을 중지하여 온 도시가 조용했다.

농경사회였던 우리나라에서도 오뉴월 뙤약볕 아래 한나절 일을 하던 농부는 새참에 이어 낮잠을 잤다. 그야말로 낮잠은 피로 해소제요 활력 비타민이다.

베개를 들어 편편하게 토닥이다가 소원 하나 그 속에 담았다. 세상 살아감은 큰 꿈속과 같으니 꿈속에서 로또 번호를 보듯이 좋은 글 한 편 만나고 싶다고.

조선 전기 화가 안견은 세종의 셋째 아들 안평대군의 꿈 이야기를 듣고 3일 만에 산수화 〈몽유도원도夢遊桃源道〉(1447년, 세종 29)를 그렸다. 나도 꿈속에서 좋은 글 만나 꿈을 깬 후 기억나는 문장을 그대로 옮겨 적어 내 생애 최고의 글 한 편 지었으면 좋겠다. 나는 정말 좋은 글 한 편 써보는 것이 나의 꿈이다. 훗날 누군가 내가 쓴 글을 보며 고개를 끄덕여준다면 더 바랄 것이 없겠다.

그나저나 나의 베개는 내가 어떤 꿈을 기다리고 있는지 알고는 있는지.

제5장
혼자 산다는 것에 대하여

반려묘 단상斷想

서울 충무로에 있는 나의 단골 미용실에는 늙은 고양이 세 마리가 살고 있다. 고양이를 좋아하는 원장은 미용실 한쪽 벽면에 고양이 사진을 여러 장 붙여 놓았다. 그런데 그가 키우는 고양이 사진이 아니라 새끼 고양이 사진들로, 털 색깔이 각각 다르다. 그 중 전면 거울 옆 사진 한 장이 내 눈길을 사로잡았다. 흰 바탕에 청회색 줄무늬 털을 입은 고양이인데 꼭 고등어가 연상되었다. 털이 등을 따라 콧잔등까지 잔잔하게 흘러내렸다. 배 쪽과 앞다리와 입 언저리는 눈꽃처럼 하얗다. 크고 검은 눈동자는 유난히 동그랗고 예쁘다. 근처 L크루 공사장 경비가 흙구덩이에서 버둥대는 걸 구했다며 원장은 녀석의 이름을 '크루'라고 소개했다. 그는 크루와의 만남을 말해주었다.

한밤중, 공사장 경비는 신경을 건드리는 소리에 잠을 깼다. 고양이 울음소리였다. 손전등을 켜고 소리가 나는 쪽을 찾던 그는 막 터를 파기 시작한 공사장 흙구덩이에서 새끼고양이 한 마리가 울고 있는 걸 발견했다. 아직 젖먹이로 보이는 새끼고양이는 어미가 집을 옮기다가 놓쳤는지 두려움에 떨고 있었다. 봄밤은 추웠고 바람은 쉬지 않고 불어왔다. 경비는 바들바들 떨고 있는 고양이를 품에 안았다. 집에 데려가고 싶었지만 그의 집에는 이미 키우는 고양이가 있었다.

크루는 이상하게도 사람을 잘 따랐다. 공사장 인부들이 남기는 음식을 먹으면서 낮에는 충무로에서 지냈다. 쇼윈도에 비치는 사랑스런 제 모습에 반하다가, 사람들이 지나가면 재빨리 다가가 발라당 누워서 애교를 떨었다. 크루를 본 사람들은 한마디씩 했다. "고양이 새끼처럼 예쁜 게 없는 것 같아."

고양이는 밤에도 어디선가 놀다가 들어와 경비가 던져주는 노가리를 받아먹고는 쌓아놓은 박스 틈으로 들어가 잠을 잤다. 그런데 시도 때도 없이 방귀를 잘 뀌어 공사장 사람들은 고양이를 '방귀쟁이'라고 불렀다. 공사장 근처를 지나가던 미용실 원장이 고양이에게 관심을 보였다. 경비에게 고양이의 사연을 들은 원장은 가끔 사료봉지를 들고 경비실을 찾아갔다. 사료를 먹은 뒤로 크루의 방귀가 현저히 줄었다.

L크루 건물은 하루가 다르게 높이 올라갔다. 크루도 자라서 연갈색 털을 입은 예쁜 '나비'와 곧잘 어울렸다. 어느 날 밤 공사장에 들어온 승용차에 크루가 사고를 당했다. 경비의 전화를 받은 미용실

원장은 크루를 이동장에 담아 병원으로 데려갔다. X-레이 촬영 결과 다행히 크게 다친 곳은 없었고 의사는 다리에 난 찰과상만 치료해주면 좋아질 거라고 했다. 추운 날씨에 크루가 걱정된 원장은 아예 미용실로 고양이를 데리고 왔다.

미용실에는 너무 늙었거나 병들어 버림받은 길고양이 세 마리가 살고 있었다. '뚱뚱이'는 호르몬 불균형으로 몸이 유난히 뚱뚱해서 이름붙여졌다. 교통사고로 골반뼈가 틀어진 '다복이'는 제대로 서지 못한다. 이가 다 빠진 '노순'은 지붕 위에서 구한 고양이다. 넓은 미용실 한 쪽에는 그들만의 공간이 있다. 캣타워와 각각 들어가 잘 수 있는 숨숨집 세 개가 나란히 놓여 있다. 건강해진 고양이들은 한낮에는 볕이 잘 드는 창가에 놓인 침대에서 해바라기를 하며 서로 핥아주고 기지개도 켜고 낮잠을 즐긴다. 손님이 없을 때 원장은 그들과 대화도 나누고 스킨십을 한다.

원장의 극진한 보살핌 속에 크루는 건강을 되찾았다. 그는 남편의 반대를 무릅쓰고 크루를 집으로 데려갔다. 영리한 크루는 재빨리 원장의 남편에게 가서 목을 끌어안고 애교를 떨었다. 귀여운 크루의 몸짓에 남자도 허허 웃으며 못이기는 척 받아들였다.

4년 전, 지방에 사는 딸이 아파트로 이사했다. 외손자 둘은 미국에서 공부하고 일을 하는 딸 내외는 아침에 출근하면 밤에나 집에 온다. 집에는 외손자들이 기르던 고양이 한 마리가 있다. 사위는 종일 혼자 지내는 고양이가 딱하다며 내가 길렀으면 했다. 예쁘게 생긴 놈이고 나도 적적하던 차였기에 그러마고 했다. 사위는 나에게 고양이에 대한 이런저런 정보를 알려주었다. 이튿날 사위는 차에 한가득 고양이의 살림을 싣고 우리 집에 데려다주고는 그 밤으로 되짚어 내려갔다.

고양이를 안방에 들여놓고 샤워를 하고 나오니 그새 이불 한복판에 오줌을 싸놓았다. 벽지도 긁아놓고, 소파 밑으로 들어가 나올 생각을 하지 않았다. 걱정되어 손으로 부르면 앙칼지게 내 손등을 할퀴었다. 베란다 방충망 앞에 앉아서 하염없이 창밖을 내다보는 모습이 딱했다. 나는 사료와 물을 챙겨주며 변기통을 비우고, 매일 집 안 구석구석을 청소하며 고양이 눈치를 살폈다. 고양이 때문에 지치고 힘들어 내가 병이 날 지경이었다. 참다못해 며느리에게 하소연했더니 아들 내외가 고양이를 다시 딸네 집에 데려다주었다. 보름 만이었다.

내 이야기를 들은 미용실 원장은 고양이가 주인한테 버림받았다고 생각했을 거라며 낯을 익힌 후 데려왔어도 좋았을 것이라고 했다. 집에 데려와서도 그가 스스로 다가올 때까지 모른 척해야 한다고 했다. 고양이 기분을 헤아리지 못했다는 말 아닌가. 인간관계와 무엇이 다른가. 헛웃음이 나왔다.

언젠가 나는 상대에게 무리하게 마음을 줬다가 오해받은 적이 있었다. 내가 호의적으로 다가가면 그도 좋아할 줄 알았는데 아니었다. 양이도 나의 호의가 반갑지 않았던가보다.

1인가구가 늘어감에 따라 반려동물을 키우는 가정이 늘고 있다. 의지하고 싶고 대화할 대상도 필요하다는 것이다. 하지만 나의 경우 병원 가는 일이 잦아졌고 내 몸 하나 간수하기도 버겁다. 잠시 나 외롭다고 반려동물을 키우는 일은 충분히 고민해봐야 할 일이다. 무턱대고 들여놓고 책임지지 못할 때, 그 다음을 어떡할 것인가.

반려동물은 아니어도 나는 베란다에 화초를 기른다. 화초가 나에게는 반려이다. 생각해보니 오랫동안 나는 화초들과 이런저런 이야기로 두런거리며 지내왔다. 화초에 물을 주고 떡잎을 떼어주며 말을 건넨다. 내가 말을 걸 때마다 그들은 몸을 떨어 답을 주는 것 같다.

추운 날씨 탓에 거실로 들여놓은 화초들. 친구가 선물한 아마릴리스가 계절 없이 핑크빛 꽃을 활짝 피워냈다. 그의 꽃말은 '은은한 아름다움'이다. 나는 아마릴리스 덕분에 즐거운 나날을 보내는 중이다. 반려동물처럼 아양 떨며 움직이지는 않지만, 늘 그 자리에서 나를 바라봐주는 식물이 있어 나의 만년은 즐겁다. 화려한 색의 당당함에 끌리고 언제든 과감한 품새가 볼수록 아름답다.

봄날은 간다

푸르른 5월의 한낮이었다. 선정릉 버스정류장에서 내 또래의 여자와 눈이 마주쳤다. 어디서 많이 본 듯한 얼굴이었다. 그녀가 먼저 한 걸음 내게로 다가왔다.

"실례지만, OO학교 학부형님 아니세요?"

정감어린 말씨, 웃을 때면 눈이 거의 감기던 사람, 그제야 나는 그가 누구인지 알 수 있었다.

"이태화 맞지? 나야."

내가 그녀의 이름을 부르자마자 그도 내 이름을 불렀다. 그리고 우리는 얼싸안았다. 얼마만의 해후인가. 그는 내가 자기 아들 친구 엄마인 줄 알았다고 했다. 하기야, 중학교 2학년 때 짝을 30년이 지나 서울 한복판에서 만나게 될 줄 누군들 상상이나 했겠는가.

한국전쟁이 끝나고 3년이 지났어도 온 나라는 전쟁의 후유증으로 온전히 궤도에 오르지 못해 어수선했다. 우리 학교는 육군병원으로 사용 중이어서 변두리에 있는 제사공장에서 공부를 하다가 2학년이 되어서야 시내에 있는 학교로 들어갈 수 있었다.

5월 어느 날 점심시간이었다. 반장은 '약장사 공연'이 있다며 식사 마치고 20분 후 운동장에 모이라고 했다. 2학년 여덟 반이 운동장 한쪽에서 반별로 줄지어 앉았다. 전면에는 교탁과 책상 한 개가 덩그마니 놓여 있었다. 교탁에는 요즘 가발매장에서나 볼 수 있는 머리를 풀어헤친, 얼굴뿐이 여자 마네킹이 놓여 있었다. 얼굴은 여자, 몸은 뱀이라고 했지만 뱀은 보이지 않았다. 책상에는 뚜껑이 열린 유성기 한 대가 놓여 있고 주변에는 상이군인 셋이 서 있었다.

잠시 후 오른팔에 갈고리를 단 상이군인이 전면에 서더니, 나라를 위해 싸우다 몸을 다쳤다며 공연을 본 후에 연고를 많이 사달라고 선전했다.

유성기에서는 가수 백설희가 부른 〈봄날은 간다〉가 흘러나왔다. "연분홍 치마가 봄바람에…." 교탁 위 뱀 여자 얼굴이 박자에 맞춰 끄덕였다. 그런데 어느 순간 갑자기 노래가 빨라지다가 태엽이 풀린 듯 느려지는 등 종잡을 수 없었다. 그에 맞게 뱀 얼굴의 끄덕임도 수시로 바뀌었다. 웃기기도 하고 엉뚱하기도 했지만 우리들은 갈고리 손이 무서워 꼼짝도 못하고 있었다. 당시에는 팔에 갈고리를 달거나 목발을 짚은 상이군인들이 상점에 들어와 다짜고짜 돈을 요구하거나, 버스 안에서 갈고리로 손잡이나 의자를 두드리며 물건을 강매했다. 식당이나 유흥업소에서 술 달라 밥 달라 생떼쓰며 무전취식도 허다했다. 전쟁의 상처였다. 공포 속에서 10분의 공연이 끝났다. 그런 중에 연고를 구매하는 학생이 더러 있었다.

교실이 부족해 우리 반은 강당을 칸막이한 교실에서 공부했다. 그날 3교시는 수학교사의 결근으로 자습을 했다. 나는 갑자기 장난기가 발동했다. 짝에게 며칠 전에 보았던 약장사 공연을 흉내내자고 부추겼다. 친구도 따라 일어섰다. 나는 야누스 아니 '뱀 여자', 친구는 유성기 역할을 맡았다. 나는 앞머리를 내려뜨려 얼굴을 반쯤 가린 채 교탁 뒤에 걸상을 놓고 앉았다.

공연을 시작했다.

"연분홍 치마가 봄바람에…." 나는 그들이 했던 대로 노래를 청승맞게 부르면서 동시에 고개를 끄덕였다. 내 짝은 옆에 선 채로 노래에 맞춰 손목을 돌리면서 유성기 태엽 감는 시늉을 했다. "꽃이피면같이웃고꽃이지면따라울던…" 하이 소프라노 내 노래가 갑자기 빨라지면서 고개도 방정맞게 끄덕이다가 고장난 유성기처럼 노래와 고개가 늘어졌다. 태엽을 정신없이 감던 손목도 느슨해졌다. 이번엔 반대로 손목의 움직임에 따라 노래와 고개 끄덕임이 변화무쌍했다. 신통하게도 우리의 호흡은 척척 들어맞았다. 교실은 한바탕 웃음바다가 되었다. 가랑잎이 떼구르르 구르는 것만 봐도 웃던 시절이었다.

바로 그때였다. 옆 교실 칸막이에서 전연 예상치도 못한 큰소리가 공연장에 찬물을 끼얹었다.

"유문자, 이태화. 쉬는 시간에 교무실로 와!"

우리 담임인 '벌렁코선생'의 목소리였다. 벌렁코, 국어과 담당인 그분은 말할 때마다 코가 벌렁거려서 붙여진 별명이었다.

칸막이 베니어판의 작은 구멍에는 까만 눈이 붙어 있었다. 선생님은 가끔 이 구멍으로 교실을 감시했다. 아뿔싸! 공연에 앞서 베니어판 작은 구멍을 살피는 걸 잊고 있었다.

수업 끝나는 종이 울리고, 태화와 나는 교무실로 갔다. 모범생이라고 자부했던 우리가 처음으로 교무실에 불려간 날이었다. 두 사람은 고개를 푹 떨군 채 선생님 앞에 섰다.

"인마, 수업시간에… 풋, 하하하. 다음부터 조심해. 알았지?"

선생님은 말을 잇지 못하고 크게 웃으셨다. 바로 앞에서 벌렁코가 크게 벌렁거렸다.

기다리던 버스가 정류장에 도착했다. 친구와 나는 같은 버스에 올랐다. 그와 나는 한 아파트 단지에 살고 있었다. 우연히라도 마주칠 수 있었을 텐데 오랜 시간을 모르고 지낸 사실이 안타까웠다. 진작 알았더라면 얼마나 좋았을까. 틈틈이 말동무하면서 옛 일을 추억하는 것도 재미있었을 텐데. 서로 다른 생활로 이제야 만난 것이 그나마 다행이면서도 못내 아쉽기만 했다. 살아온 길은 달랐지만 30년 만에 만난 우리는 바쁘게 사는 틈틈이 만나고 또 만났다.

세상은 가설무대다. 무대장치는 작품에 따라 늘 바뀐다. 따사로운 햇살과 눈, 비 올 때가 있고, 광풍이 휘몰아치는가 하면 맑은 해와 아름다운 별밤이 수놓이기도 한다.

우리 모두 한때는 낮꿈을 꾸는 소년소녀였다. 배우, 화가, 운동선수, 군인, 교사 등 늘 새로운 꿈을 꾸었고 또 다시 새로운 꿈으로 바뀌었다. 남의 인생을 구경도 하고 때로는 내 삶을 보여주기도 했다. 그렇게 무대는 변하면서 새롭게 펼쳐진다.

30년이 지나갔고 또 30년이 거짓말처럼 흘러갔다. 같은 것 같지만 같지 않은 나날들이었다. '헤일 수 없이 수많은 날들'이 흘러갔지만 열다섯 그때 나의 그 봄날은 도무지 잊히지 않는다.

그래도 세월이, 인생이 덧없이 흘러간다. 오늘도 짧은 봄날이 간다.

●

파꽃

대파 한 단을 사와 신문지 위에 펼쳐놓았다. 파가 실해서 수북했다. 화분에 심을 다섯 대를 남기고 나머지를 다듬었다. 누렁 잎을 떼내고 뿌리를 자른 후 3등분으로 잘랐다. 매운 냄새가 올라왔다.

뿌리를 잘라낸 파의 밑면은 마치 나무의 나이테 같았다. 밑동부터 흰 빛을 띤 통통한 파는 중심의 연녹색 꽃대를 세 겹으로 감쌌다. 꽃대는 하얀 섬유질로 채워졌다.

세 겹 중 수분이 많지 않은 겉잎에는 옅은 줄무늬가 있었다. 한 겹을 벗겨내자 두툼한 잎의 줄무늬가 한결 또렷했다. 남은 한 겹은 엷은 막으로 싸인 채 꽃대와 밀착됐는데 혀끝을 대보니 단맛이 났다.

길다란 파잎을 갈라 펼쳐보니 뽀얀 엷은 막으로 싸인 채 끈적였다. 손톱으로 막을 긁어내자 도드라진 줄무늬가 손끝에 느껴졌다. 밑동에서부터 잎 끝으로 곧게 벋은 줄무늬는 뿌리로부터 잎에 이르기까지 물과 양분이 지나는 통로였다.

3등분한 파를 씻어 비닐봉지에 담아 냉장실과 냉동실에 나누어 넣어두었다.

남겨둔 파를 화분에 심어 거실 화초 옆에 놓았다. 꽃대에서 어긋어긋 나온 잎은 잘 자랐다. 중심의 꽃대는 다른 잎과 달리 곧고 탄력이 있었다.

점심으로 콩나물밥을 했다. 양념간장을 만들려고 화분에 심은 파 잎을 조금 잘라냈다. 잘린 파 잎에서 하얀 물이 떨어졌다. 만져보니 끈끈한 점액질이었다. 하얀 물은 파의 눈물 같았다. 눈물이라고 생각하니 미안한 마음이 들었다.

며칠 지나 파를 잘라낸 부분을 찾아봤지만 보이지 않았다. 어느 결에 상처가 아물어 파잎이 뾰족하게 자라나고 있었다. 언젠가 연필 깎는 칼에 손을 베어 병원에서 치료를 받았는데, 봉합할 정도는 아니라며 소독을 마치고 그대로 붕대를 감아주었다. 살아 있는 살이 서로 알아서 붙을 거라고 의사가 설명해주었던 일이 생각났다. 생명체의 자생력이 신비했다. 그렇듯 파 잎도 힘차게 위로 치고 오르는 중이었다,

힘차게 솟아오르던 꽃대 끝에 콩알만 한 하얀 고깔모자가 씌워졌다. 눌러보니 속이 텅 비었다. 이틀이 지났다. 조금 커진 고깔모자를 만졌을 때 말랑한 게 마치 스펀지 같았다. 하루가 다르게 커지던 고깔모자는 마법에 걸린 듯 목화 다래처럼 단단한 열매로 변신했다. 이삼 일이 지나자 50센티미터 정도 끝에 매달린 단단한 열매는

해산의 이슬 같은 엷은 막을 터뜨리며 하나, 둘, 꽃망울을 열었다. 이내 거실 한쪽이 환해지는 것 같았다. 이른 봄, 민들레 작은 꽃 한 송이가 황량한 들판에 활짝 피어난 것처럼.

벌어진 꽃망울 속에는 5mm 정도의 연초록 꽃술이 총총한데, 꽃술 끝에 알알이 맺힌 백록색 동그란 씨앗에 뽀얀 솜털이 다보록했다. 볼수록 신기하여 자꾸만 눈이 그쪽으로 갔다.

우수雨水가 지났다. 파가 홀쭉해지고 본줄기를 꽁꽁 휘감았던 잎이 얇아졌다. 첫 잎은 찢어진 채 잠자리 날개처럼 얇아졌다. 그러고 보니 그 잎은 어머니의 품이었다. 한 송이 파꽃은 모진 세파 속에서 자식을 위해 제 몸 아끼지 않은 가없는 어머니의 사랑이었다.

씨앗이 말없이 여물어간다. 이른 봄의 엷은 해가 기울고 있다. 어스름 속에서 하얀 파꽃이 선연鮮姸하다.

혼자 산다는 것에 대하여

눈발이 깃털처럼 내린다. 춘설이다. 집 앞 병무청 마당가의 작은 숲에 내리는 눈발은 휘어진 나무들 가지 위에서 꽃이 된다. 눈꽃이 활짝 핀 작은 숲은 크리스마스 카드를 보는 듯 아름답다.

저만치, 15층 우리 집에서 내다보이는 메타세쿼이아 나무 두 그루에 솜사탕 두 개가 달렸다. 눈을 뒤집어쓴 까치집이다. 왼편의 큰 까치집은 전부터 있었고, 그 옆 작은 집은 까치들이 분주히 나뭇가지를 물어다 지은 새 둥지다. 그런데 아침마다 깍깍대던 까치들은 모두 어디로 갔나.

눈발이 그쳤다. 하얀 까치집에 햇살이 내려앉아 반짝인다. 나는 망원경을 들고 창가로 갔다. 까치집에 포커스를 맞춘 바로 그때, 까치집 동편에서 까치 한 마리가 머리를 쑥 내민다. 까치는 서풍을 등 뒤로 하고 동향집을 지었던가보다.

TV에서 까치집 짓는 걸 본 적이 있다. 까치는 마른 나뭇가지를 물어다가 얼기설기 집을 지었다. 진흙으로 집안을 방수하고 바닥은 부드러운 마른풀과 솜털을 깔아 부화한 새끼를 기르기에 좋은 둥지를 만들었다. 그뿐인가, 수시로 마른 나뭇가지를 물어 나르며 집을 계속해 매만졌다. 사람살이와 다르지 않았다.

전화벨이 울린다. 한 길 건너에 사는 교우 P다.

"김치전을 부쳤더니 먹을 만하네요. 좀 갖고 갈게요."

P는 남편이 병으로 돌아간 후 어린 삼남매와 살길이 막막했다. 돈도 없고 어떤 자격증도 없는 그녀는 울기만 했다. 한 교인의 권유로 우유배달을 시작하면서 그는 새벽 2시부터 6시까지 우유차를 밀었다. 아침밥을 해서 아이들 밥 먹여 학교에 보내고 낮에는 사무실에 우유를 배달했다. 겨자씨만 한 신앙으로 버티면서 오롯이 자식들을 바라보며 살았다. 아이들이 싸우거나 삶이 고단할 때면 노래의 후렴구처럼 입에 담았던 말이 있다.

"남편 복 없는 년이 자식 복이 있겠어?"

그는 하루도 빠짐없이 15년간 우유배달을 하면서 삼남매를 대학까지 공부시켰고 집도 장만했다. 두 딸은 출가했고 아들은 군대에 갔다. 어느 날, 군대에 간 아들의 편지를 받았다. 편지에는 어머니의 입에 붙은 그 말이 제일 싫었다며, 어머니께 효도를 약속한다는 내용이었다. P는 그날 이후 그 말을 하지 않았다. 아들은 군 복무를 마치고 회사에 다니면서 어머니와의 약속을 지켰다.

그녀는 지금도 자다가 깜짝 놀라 허둥지둥 일어나면서 '아 참, 이제 우유배달 안 해도 되지. 하나님 감사합니다' 하고 다시 잠자리에 눕는단다.

더 이상 바랄 게 없이 행복한 그에게 그림자가 드리웠다. 아들에게는 같은 대학에서 만난 3년 사귄 아가씨가 있었다. 며느릿감으로도 손색없는 참한 아가씨였다. 추석 무렵에 아들은 결혼 허락을 받을 겸 아가씨의 부모님께 인사를 드리러갔다. 하지만 아버지는 냉담했다.

"내가 대학을 못 다닌 게 평생 한이었다. 전문대학 나온 사람은 절대 안 된다."

P는 힘에 부쳐서 3남매를 전문대학에 보냈던 것이다. 그날 밤 아들의 눈물을 보면서 그의 가슴은 찢어졌다.

"딩동~"

문을 열자 P가 환한 얼굴로 들어섰다. 그는 자리에 앉기도 전에 입을 열었다.

"우리 아들 시립대학에 편입했어요."

그의 아들은 주경야독 열심히 공부해서 원하는 대학에 합격했다. 올 가을에는 그 아가씨랑 결혼할 예정이란다. 장인 자리는 등록금을 대주겠다며 기뻐했다고 한다.

김치전은 따끈했다. 나는 포도주를 준비했다. 우리는 창가에 앉아서 고즈넉한 숲을 내려다보았다. 그가 조용히 입을 열었다.

"오늘이 마치 크리스마스 같아요."

P는 메타세쿼이아의 까치집처럼 아들과 가까이에서 살고 싶어했다. 하지만 며느리의 직장이 친정에서 가까워 그곳에 둥지를 마련해주어야 한단다. 그의 얼굴에 쓸쓸함이 묻어났다.

대부분의 부모는 자식을 품고 살고 싶어한다. 하지만 현실은 내 마음과 같지 않을 때가 많다. 건강만 유지된다면 60세 이후가 제일 행복하다는 얘기가 있다. 더는 남의 눈치보지 않아도 되는 나이여서일까. 친구도 사귀고 그동안 해보지 못한 공부나 여행 등 취미생활도 하면서 나를 위한 삶을 살아가는 건 어떨까 한다. P에게 지금이라도 그만의 노년을 설계해보라고 말해주고 싶었다.

문학을 하면서부터 나는 자주 행복을 느낀다. P도 가장 자신 있고 재미있는 일을 찾아 나머지 나날을 즐겼으면 하는 바람이다.

길 위에서

정오 무렵, 용산역사는 인산인해였다. 초행길인데다 사람까지 많으니 방향잡기가 쉽지 않았다. 서울에 오래 살았는데도 막상 목적지인 전자상가를 어떻게 가야 할지 난감했다. 백팩을 멘 젊은이에게 전자상가 가는 길을 물었다. 3번 출구로 나가면 된다고 했다. 출구에는 '전자상가'라고 적힌 글자와 화살표가 백지에 그려져 있었다. 화살표 방향으로 가다보니 에스컬레이터가 나왔다.

드넓은 공터 멀리에 전자상가 건물들이 보였다. 공터 샛길을 따라 10여 분 정도 걸어갔다. 어느새 목적지에 도착했다. 크리스마스를 앞둔 상가에는 크리스마스트리 부품과 조명을 사는 사람들로 북적였다. 나는 그곳에서 화재감지기 하나를 구입했다.

이사하면서 도배를 새로 하고 커튼을 바꾸었다. 전등은 아직 괜찮아서 부착된 그대로 사용했다. LED등이 밝고 전기요금이 절감돼 그것으로 바꾸는 추세라지만, 멀쩡한 등을 모두 떼어내고 새 것으로 바꾼다는 게 생각처럼 쉽지 않았다. 무엇보다 불편하지 않았고 급할 것도 없었다. 그런데 남들은 하나둘 등을 바꾸고 있었다. 우연히 만난 옆 동 사는 지인이 LED등으로 교체하려고 등을 사러간다기에 우리 것도 부탁했다. 아파트관리실 전기기사 두 분이 나와서 등을 갈아주었다. 거실, 방, 화장실, 현관 센서등까지 모두 바꾸자 해가 져도 집안이 대낮같이 밝아졌다. 기사는 주방에 화재감지기가 없는 걸 확인하고는 용산 전자상가에서 사다놓으면 시간될 때 설치해주겠노라고 했다.

이삿짐을 정리하다보면 겨울의 짧은 해가 금방 이울곤 했다. 식구가 없으니 하나에서 열까지 내 손이 필요했다. 해를 넘기지 않으려고 열 일 제치고 화재감지기부터 사러갔던 것이다.

그런데 이번에는 왔던 길을 찾을 수 없었다. 멀리 뒤태를 보이는 용산역으로 가는 길이 헷갈렸다. 샛길은 세 곳이었다. 어느 길로 가야 할지 난감했다. 그때 늙수그레한 남자가 어딜 가느냐고 나에게 물었다. 용산역이라고 하자 자기도 용산역 가는 길이니 같이 가면 되겠다며 따라오라고 했다. 그는 초면인데도 붙임성 있고 친절했다. 몇 걸음 못 가서 누가 묻기라도 한 것처럼 자신이 살아온 이야기를 술술 풀어놓았다.

"나는 젊었을 때 광교에서 15년간 양복점을 운영했어요. 열심히 했지요. 솜씨가 좋아서 단골도 많았고 돈도 좀 벌었어요. 그런데 기성복이 판을 치면서 양복점을 정리할 수밖에 없었어요."

처음에는 시큰둥했지만 점점 그의 다음 말이 궁금했다.

“무얼 할까 고민하다가 당구장을 했어요. 그럭저럭 자리가 잡힐 즈음 IMF가 났어요. 의외로 당구장은 호황을 누렸어요.”

‘IMF로 온 나라가 어려웠는데 당구장이 어떻게 호황이었을까?’

나는 속으로 생각했다. 그는 내 마음을 꿰뚫은 것처럼 다음 말을 이어갔다.

“일자리를 잃은 사람들이 당구장으로 모여들었어요. 그런데 당구장에 온 사람들은 당구만 치는 게 아니라, 내기 당구도 하고 방 한쪽에서는 도박판을 벌였어요.”

그는 신선이 담긴 동양화 총 48장에 사자성어가 들어 있다면서 각설이 타령하듯 쉼 없이 쫙쫙 꿰었다.

“독행불가, 명당착석, 사주경계, 요령숙지, 안면몰수, 피강공약, 끝발유지….”

막힘없는 그의 말은 얼핏 들어도 모두 한자 네 글자였다. ‘요령숙지要領熟知와 안면몰수顔面沒收’는 익히 아는 말이지만, 다른 것들은 생소했다. 그는 천천히 사자성어처럼 들릴 법한 용어를 하나씩 짚어가며 강자는 피하고 약자에게만 공격한다는 ‘피강공약’까지 차례로 설명해주었다.

그리고 화투는 직접 참여하지 않고 장소를 제공한 대가로 ‘고리’를 뜯었다며, 돈 벌어서 애들 가르치고 결혼시키고 지금은 기초연금 받으며 그럭저럭 산다고 했다. 그의 얘기를 듣다보니 어느새 용산역에 도착했다. 나에게 조심해서 가라는 인사와 함께 그는 나와 반대방향으로 지하철 타는 곳을 향해 걸어갔다.

어제와 오늘 그리고 내일, 시작도 끝도 모르는 길 위에 서 있는 우리. 저마다 가고 싶은 길이 있지만 가노라면 원하는 길일 수도 있고 전연 다른 길일 때도 있다. 때로는 큰길, 골목길 또는 샛길 등 길이 몇 차례 바뀌기도 한다.

한때는 줄자를 목에 걸고, 고객의 양복을 한땀 한땀 정성껏 바느질하며 그는 나름대로 자부심이 컸을 것이다. 하지만 세상이 바뀌면서 재단 가위를 들었던 그의 손은 당구장 큐대를 만져야만 했고, 급기야 48장 화투판에서 '피강공약', '안면몰수' 하는 삶을 지켜보아야만 했을 것이다.

되돌아보면 누구나 인생의 내비게이션이 안내하는 길을 따라 '지금, 이곳'에 와 있는 것 같다. 그도 큰 선택의 순간에서는 초행길과 맞닥뜨렸을 때처럼 불안했을 것이다. 나 역시 크고 작은 굴곡은 있었지만 비교적 무난한 길을 걸어왔다. 정해놓은 길을 걸어온 사람처럼.

오늘 나는 길 위에서, 티브이에서만 보았던 10분짜리 〈타짜〉 영화의 해설을 들었다. 나의 지나온 여정도 영화와 같아서 피시식 웃음이 났다. 그가 알려줬던 화투 용어는 나의 성공을 위해 남을 속이는 수들이었다. 한때 약게 행동하지 못하는 내가 답답하기도 했지만 그래도 내 힘으로 얼마나마 이룬 지금이 부끄럽지 않다. 조금 헤매고 때로는 가까운 길도 멀리 돌아서오기도 했지만 그렇다고 크게 문제가 되지는 않았다. 길은 그때마다 옳게 걷는 방법을 나에게 알려주었다. 길을 걷는 내내 발걸음이 가벼운 이유였다.

깊어가는 시월의 밤

딸이 외출한 사이 무료한 시간을 달래며 소파에 앉아 티브이를 보고 있었다. 댓 걸음쯤 앞에서 딸네와 함께 사는 늙은 고양이가 나를 빤히 쳐다보았다. 외손자들 고등학생일 때 데려왔으니 10살도 훌쩍 넘었겠다. "양이야, 안녕!" 반가운 마음에 인사를 건넸지만 반응이 없다. 보름 동안 우리 집에서 나와 지내다가 돌려보낸 고양이인데 내가 자신을 포기한 걸 알고 있는 걸까? 가까이 오라고 손짓을 해봐도 좀처럼 움직일 생각이 없어 보였다.

그러던 녀석이 잠시 후 슬그머니 몸을 돌려 서재 쪽으로 사라졌다. 양이를 따라 나도 그곳으로 가보았다. 서재 한 편에 양이의 밥그릇과 물그릇이 놓여 있었다. 그런데 양이는 어디로 숨었는지 그새 보이지 않았다. 되돌아 나오려는데 책상 위에 편지 대여섯 통이 있었다. 우체국 소인이 찍히지 않은 개봉된 편지였다. 호기심에 그중 하나를 집어 들었다. 볼펜으로 또박또박 쓴 정성이 담긴 내용이다.

“미치과 원장님께

선생님 안녕하세요. 저는 배드민턴 했던 김진수입니다.

바쁘다는 핑계로 서른이 넘어가는 지금까지 감사 인사 한번 드린 적 없어 부끄럽고 죄송합니다. 초등학교 때 선생님께 치과 치료를 받아서 지금도 아픈 이가 없어요.”

사위에게 온 편지였다. 아마도 신세를 진 누군가 고마움을 표한 내용 같았다.

성악을 전공하고 싶었던 사위는 아버지의 권유로 진로를 바꾸어 치과의사가 되었다. 어렸을 때부터 봉사하는 습관이 배어 있는 그는 교회와 사회에서 한결같이 봉사를 해왔다. 군의관 제대 후 치과 병원을 개원하여 지금껏 어려운 이들을 돕고 있다. 몇 년에 한번씩 해외봉사도 나가는데 나는 그를 보면서 감동할 때가 많다. 어느 해 여름, 간호사 5명과 방학 중인 두 아들을 데리고 우즈베키스탄으로 10일간 의료봉사를 다녀왔다. 환자가 98명인 날도 있었다고 한다.

“제 동생 진욱이가 20대 초반에 미치과에서 치료를 받았는데 무료로 치료를 해주셨다고 들었어요. 감사합니다. 동생은 작년에 결혼했고 저는 아직입니다. ㅋㅋ

최근에 선생님께서 여전히 ‘뿌란나’ 아이들을 치료해주신다는 말을 듣고 깜짝 놀랐어요.”

그가 어려운 이웃을 위해 봉사하고 있다는 걸 알고는 있었지만, 개원 후 25~26년을 한결같이 '뿌란나' 원아들을 치료해주는 줄은 몰랐다. 더욱이 이렇듯 감사의 편지를 받을 정도로 오랜 기간 그들과의 인연을 이어올 줄이야.

"뿌란나 친구들이 모이면 선생님께 인사드리자고 종종 이야기했는데 이제야 뵐 수 있게 되었네요. 뿌란나에서 살던 친구들은 나름대로 잘살고 있어요. 저는 체육회 베드민턴 부서에서 일합니다. 운좋게 배드민턴을 시작해 별일 없으면 60세까지 일할 수 있어요. 정작 받을 때는 몰랐는데 남을 돕는다는 게 쉽지 않다는 생각이 듭니다. 선생님은 살면서 잊을 수 없는 분 중 한 분입니다. 저도 원장님처럼 어려운 분들을 도와가며 살겠습니다. 베푸신 만큼 오래오래 행복하세요."

한국전쟁이 끝난 후 전쟁고아 일부는 해외로 입양되었고, 대부분은 고아원에서 양육했다. 지금은 부모가 없거나, 있어도 육아 형편이 어려운 경우 아이를 보육원에서 양육한다.

며칠 전, 뉴스에서 보호시설을 떠난 자립준비 청년들이 사회에 발을 내딛기도 전에 극단적 선택을 했다는 소식을 접했다. 그들은 18세가 되면 보육원을 떠나야 한다. 가족의 둘레에서 세상을 살아가는 방법을 터득하지 못한 이들에게는 갑작스런 다른 세상과의 마주침이 공포가 될 수 있다.

사람은 혼자서는 살 수 없는 동물이다. 나 이외의 사람과 어울리며 살아야 하는데 그도 말처럼 쉽지 않다. 성인이 되어서 "받은 은혜를 잊지 않고 어려운 이웃을 돕겠다"는 편지 내용을 보면서 나는 그 청년이 고마웠다. 그리고 사위의 한결같은 봉사와 사랑의 결실이 그 사람을 따뜻한 사람으로 성장하게 한 것이라 생각되며 사위를 향한 깊은 신뢰감으로 가슴이 꽉 차오른다.

딸이 사위를 만나 집으로 오는 길이라며 전화가 왔다. 창가로 가서 커튼을 열었다. 깊어가는 밤, 어느새 창밖으로 별빛이 쏟아지고 있었다.

*뿌란나는 1957년 설립되었고 2006년 환희애육원으로 부르다가 2018년 아인하우스로 다시 이름이 바뀌었다. '뿌란나'는 미군 종군 목사의 이름이다.

감자

입춘立春에 햇감자라니. '햇'이라는 접두사가 감자만큼 잘 어울리는 것은 드물지 싶다. 비닐하우스에서 기른 어른 주먹만 한 감자는 제법 값이 비쌌다. 마트 진열대에서 뽀얀 감자 세 개를 망설임 없이 장바구니에 담았다.

껍질을 벗긴 감자를 4등분하여 밥솥에 찐다. 밥을 풀 때는 밥알이 붙은 감자부터 꺼내놓는다. 그렇게 포근포근한 감자를 몇 차례 먹는 동안 봄날은 깊어간다.

감자는 다른 작물에 비해 땅속에 얕게 묻혀 있다. 장마가 오면 물에 잠겨 썩기 때문에 장마가 오기 전 하지夏至 때 서둘러 캔다. 하지 때 캔다고 하여 하지감자라고 한다.

권태응(1918~1951) 시인의 동시 「감자꽃」은 "자주 꽃 핀 건 자주 감자/ 파보나 마나 자주 감자/ 하얀 꽃 핀 건 하얀 감자/ 파보나 마나 하얀 감자"라는 간단한 내용으로, 읊다보면 입꼬리가 저절로 올라간다. 곡을 붙여 초등학교 음악교과서에 실리면서 많이 따라 부른다.

감자는 점점 없어서는 안 될 작물이 되었다. 같은 면적의 땅에 감자를 심으면 다른 작물을 심었을 때보다 더 많은 사람을 먹일 수 있었다. 전쟁도 감자 재배를 확산하는 데 기여했다. 군대가 농작물을 징발해도 땅속에 묻힌 감자는 안전했다.

예전에는 그 전해에 수확한 눈이 있는 감자조각을 땅에 심어서 병균이 대물림되었지만 요즘은 대부분 무균배양시설에서 생산한 씨감자를 심는다. 한때 우리나라도 씨감자를 감자농업 선진국인 미국이나 네덜란드 등지에서 수입했다. 꾸준한 연구 끝에 1991년부터 조직을 배양해서 만든 씨감자를 생산할 수 있게 되었다. 마침내 우리의 씨감자 생산기술은 세계적인 수준에 이르렀다.

감자는 고산지대에서도 잘 자라고 가뭄에도 강하다. 식이섬유가 풍부하고 저 칼로리 알칼리성 식품으로, 조금만 먹어도 포만감이 높아 다이어트 식품으로도 애용된다. 감자녹말가루로 과자나 떡을 만들기도 하고, 해물과 야채를 넣어 전을 부치기도 한다. 또한 자외선 노출로 피부 화상을 입었을 때 환부에 생감자를 갈아붙이면 화끈거림이 진정된다.

며칠 전, TV 채널을 돌리다가 영화 〈닥터 지바고〉를 다시 감상했다. 예전처럼 보는 내내 가슴이 저렸다. 화면에 등장하는 감자도 인상적이었다.

혁명이 일어난 러시아. 피난길에 오른 지바고 가족은 바리키노의 한 폐농廢農에 정착한다. 그들은 먹고 살기 위해 우선 씨감자부터 구한다.

감자밭에서 산통産痛을 느끼는 아내 토냐를 보며 지바고는 출산에 필요한 약을 구하러 말을 타고 유리아틴에 간다. 연인 라라에게 이별을 통보하고 귀갓길에 오르지만 빨치산에 납치돼 2년 동안 끌려다닌다. 탈출하여 눈보라 속을 헤매다가 그곳이 유리아틴임을 알게 된다. 라라의 집 앞 계단엔 쥐들이 돌아다니고. 지바고는 현관 옆 벽돌 하나를 밀어서 집 열쇠와 아내 토냐의 쪽지를 발견한다.

"세상에! 마을에서 당신을 본 사람이 있대요. 만약을 몰라서 감자를 쪄놓았어요."

빈집 식탁 위에는 뚜껑이 덮인 그릇 하나가 놓여 있었다. 어머니가 아랫목에 묻어 둔 밥주발처럼. 감자는 '가족의 사랑'이었다.

오늘은 유난히 감자가 당긴다. 감자 다섯 알을 껍질 벗겨 압력솥에 안친 후 물 조금 붓고, 소금 한 티스푼 넣은 후 가스 불을 켰다. 칙칙칙, 압력솥이 소리를 내면 가스 불을 약불로 줄인다. 감자 익는 냄새가 솔솔 풍기면 불을 끄고 뜸을 들인다. 팬에 들기름을 두르고 감자가 노릇해질 때까지 굴리면서 볶는다.

창밖엔 늦서리 맞은 단풍이 간간이 바람에 흩날리는데 거실엔 클래식 음악이 낮게 흐른다. 테이블 위로 예쁜 그릇에 담긴 노릇노릇한 감자와 작은 포크 1개 그리고 캔맥주 하나를 세팅해두고는 흐뭇하게 내려다본다. 나의 단출한 점심식사이다. 혼자이되 혼자이지 않은 시간, 감자가 있음으로 더할 나위 없이 행복하다.

인생 이모작

율곡로 골목길 눈이 채 녹기도 전에, 다시 내린 눈으로 길은 금세 수북해졌다. 문학 강의를 듣고 문우랑 식사와 차담을 마친 후 지하철역으로 향했다. 걸음을 옮길 때마다 발걸음이 조심스러웠다.

오후 2시의 지하철 1호선은 한적했다. 승객 몇이 서 있고 세 명이 앉을 수 있는 경로석은 늙수그레한 노인 둘이 가운데 자리를 남겨 두고 양편 끝자리에 무표정하게 앉아 있었다. 눈길을 긴장하고 걸었던 탓일까, 다리가 뻐근하고 피로감이 몰려왔다. 빈자리에 앉고 싶었지만 차마 두 노인 사이에 끼어 앉을 수는 없었다. 입구 쪽에서 서서 가기로 했다.

"여기 앉으시지요."

경로석 안쪽에 모자를 눌러쓴 노인이 가운데 자리로 옮겨 앉으며 나에게 자리를 권했다.

"나처럼 잘생긴 사람이 옆에 앉으면 몰라도 저 사람처럼 못생긴 사람 옆에 끼어 앉기는 쉽지 않지요."

넉넉한 농담을 건네는 그의 배려가 고마웠다. 그는 단정한 용모에 작은 가방을 메고 있었다. 눈이 오는데 등산하시냐는 내 물음에 택배 일을 하는 중이라고 했다. 사무실의 서류 등을 심부름해주는데 지하철 요금도 공짜고 자격증 없이도 하는 일이어서 우리 같은 이에게 그만이라고 했다. 요양사 자격증이 있어서 그 일도 같이한다며 수입이 꽤 된다고 놀면 뭐하냐고 했다. 올해 일흔여덟인 그는 16년째 이 일을 하고 있다면서 꽤 만족스러워했다. 순간 잊고 있던 내 나이가 떠올랐다.

직장생활이 전쟁터 같았던 나는 퇴직하면 그동안 못했던 여행과 여가생활을 하려고만 생각했다. 남들이 부러워할 만한 부를 축적하지는 못했어도 일은 할 만큼 하고 쉬어야 한다는 주의였다. 그런데 지하철 택배 일을 하는 노인을 보면서 내 생각도 움직이고 있었다. 그는 용산역에서 내렸다.

> 칠십 세에 저세상에서 날 데리러 오거든/ 할 일이 아직 남아 못 간다고 전해라
>
> 백 세에 저세상에서 날 데리러 오거든/ 좋은 날 좋은 시에 간다고 전해라

가수 이애란이 부른 노래 〈백세인생〉의 한 부분이다. 과학기술의

발달로 백세시대가 현실이 되었다. 하지만 '어떻게'라는 숙제가 여전히 남아 있다. 남은 시간을 어떻게 보낼까를 생각하면 막막하고 두렵기조차 하다. 어떤 준비도 되어 있지 않은 노년층에게 언제 끝날지 모를 나머지 인생을 알아서 살라고 한다면 살아가야 할 기간은 현실적으로 길고도 길다.

생물학자 최재천 교수는 『당신의 인생을 이모작하라』는 저서에서 백세인생 전반기 50년이 '번식기'라면 후반기 50년은 '번식후기'라고 했다. "사람은 번식을 멈추고도 수십 년 더 사는 별난 동물"이라며 60세나 65세에 은퇴하면 유년, 청소년기에 노년기를 합쳐 인생 절반을 먹고 노는 체제인데 인간사회 지탱을 위해서라도 이모작二毛作으로 가야 한다는 것이다. 미국에서는 '젊은노인'을 두고 은퇴하기엔 너무 젊은 2Y2RToo young to retire세대로 부른단다. 젊은세대에게 업신여김당하지 말고 당당하게 살자는 뜻으로 해석된다.

쳇바퀴 돌 듯 무의미한 습관적 반복은 삶을 무료하게 하지만, 체험을 통한 긍정적인 반복은 인격을 완성시킨다. 오늘 만난 그 노인도 지하철을 이용해 젊은이들의 업무를 도와 심부름을 해주고 틈틈이 요양사 일을 하다보니 하는 일이 있어 늙을 새가 없다고 했다. 밝고 당당한 그의 삶은 은퇴하기에는 너무 젊은 2Y2R세대다.

나이가 든 사람들은 해보지 않은 것에 아쉬움이 남는다고 한다. 퇴직 후 한동안 나는 특별한 희망이 없었다. 뒤늦게나마 접한 문학의 길은 내가 가장 잘 선택한 일이다.

●

칸트도 “할 일이 있고 희망이 있으면 행복한 사람”이라고 했다. 거미 몸에서 줄이 나오듯 글이 술술 나오는 것은 아니지만, 글밭에서 보고 듣고 생각하며 뒹굴다가 완성작이 한 편 두 편 쌓일 때 나는 성취감을 느낀다. 누구 말마따나 나의 이런 행위가 쓰고 버리는 볼펜이 아니라 지식잉크를 충전하는 만년필이라 생각하면 그저 행복할 따름이다. 나 또한 문학동네에서 노닐며 은퇴retire하지 말고 타이어를 갈아끼우면서re-tire 인생마일리지를 쌓아가고 싶다.

유지필성有志必成, 뜻이 있으면 반드시 이루어진다고 했다. 할 수 있다는 의지만 있으면, 상상만으로도 시공은 물론, 세상 어느 곳이든 오갈 수 있는 일이 지금 내가 하고 있는 문학이다. 모든 것이 그러하듯 그것에 닿아야만 내 것이 된다. 체력이 문제이기는 하나 욕심만 조금 내려놓는다면 하나하나 천천히 못이룰 일도 아니다. 더디더라도 그러고 싶다.

대방역에서 내렸다. 어느새 눈이 그쳤다. 눈이 그친 파란 하늘에 흰 구름이 두둥실 떠간다.

6월, 전환점에 서다

온누리에 생명의 소리로 가득 넘치는 6월이다. 인디언들은 6월을 '나뭇잎이 짙어지는 달', '말없이 거미를 보게 되는 달', '새끼손가락 달' 그리고 '전환점에 선 달'이라고 했다.

'새끼손가락 달'이라는 말이 재미있다. 왼쪽 손바닥을 쫙 펼쳐보았다. 펼친 손바닥을 보면서 1, 2, 3, 4, 5를 차례로 세는데 저절로 엄지, 검지, 장지, 약지, 새끼손가락이 순서대로 꼬부라졌다. 펼쳤던 손바닥은 손가락이 접히면서 자연스럽게 주먹이 되었다. 주먹인 상태에서 새끼손가락을 펴보이자 6이 떠올랐다. 그러고 보니 새끼손가락은 끝이요 시작이고 전환점이다.

손에는 온몸의 신경이 다 모여 있다. 따라서 손은 가장 예민하고 중요한 역할을 한다. 믿음의 전달체이기도 하다. 반가울 때나 슬플 때, 그리고 불안할 때 우리는 서로의 손을 잡아줌으로써 상대의 마음을 위로한다. 말없이도 나를 보여줄 수 있는 따뜻한 가슴이 손이다.

몇 해 전, 지하철을 탔을 때 맞은편 경로석에 노인과 청년이 앉아 있었다. 부자지간으로 보였다. 그런데 노인의 얼굴은 수심이 가득했고, 청년의 눈동자는 끊임없이 좌우로 움직였다. 노인의 손은 청년의 새끼손가락 하나를 잡고 있었다. 아픈 아들을 배려한 체온의 교감인 듯했다.

때로는 말보다 손이 더 깊은 말을 한다. 잘 알려진 대로 악수는 우호의 표시이고 박수는 칭찬과 격려이며, 승리의 'V' 자는 검지와 중지를 펼쳐 신호한다. 새끼손가락을 걸며 약속하고, 엄지를 세워 '당신 최고'라고 하며, 만족한다는 의미로 상대방에게 호감을 표시하기도 한다. 반대로 서양인들은 상대방을 모욕할 때 가운뎃손가락을 세운다.

우리 삶에 예고도 없이 찾아온 코로나19 국내 첫 확진자가 나온 지 500일이 넘었다. 마스크 쓰기, 거리두기와 백신 말고는 별다른 방법이 없다는 것을 알고 있다. 일주일에 세 번씩 하던 수영을 못한 지가 1년 반이 넘었다. 좁은 집안에 콕 박혀서 밥해 먹고 빨래하고 청소하는 뻔한 하루 일정이 지루하다. 점점 움직이는 것도 귀찮아 거의는 소파에 누워서 TV를 보면서 하루를 보낸다. 너무 답답할 때면 더러 어린이놀이터 마당 몇 바퀴 돌고 들어오지만 그것도 곧 시들해진다. 마스크가 아니어도 노인들의 대화 상대는 점점 줄어든다. 어느결에 허벅지 근육이 눈에 띄게 빠졌다. '배둘레햄'만 늘어나 마치 드럼통 같다.

그런 내가 얼마 전부터 걷기 운동을 시작했다. 나는 올빼미형이라 밤 늦게 자고 아침 8시나 9시쯤 느지막이 일어난다. 잠은 원 없이 잘 자는 편이다. 어느 날 아침, 눈을 뜨니 6시 반이었다. 부지불식간에 걸어야겠다는 생각에 벌떡 일어났다. 따뜻한 물 한 컵 마시고 칠부바지에 반소매 티셔츠를 입고 운동화를 꺼내 신었다. 그리고 무작정 밖으로 나갔다.

큰길 건너 20분 거리에 있는 공원을 향해 걸었다. 횡단보도를 건너려는데 바로 앞에 젊게 보이는 여자가 공원 쪽으로 가고 있었다. 그 여자를 따라 걷는데 마음처럼 쉽지 않았다. 땀이 나고 숨이 찼다. 마스크를 내리고 땀을 닦고 보니 그녀는 내 시야에서 사라졌다. 보도블록 길을 따라 호흡을 가다듬으며 똑바로 걸었다. 이미 그 시간에 공원에 다녀오는 사람들이 꽤 있었다. 공원 입구 경사진 언덕길에는 분홍, 하양 무궁화꽃이 5년 전처럼 예쁘게 피어 있었다. 오른편 숲길을 따라 걸었다. 어느새 공원에 도착했다.

공원의 시계탑은 7시를 가리켰다. 축구장처럼 파란 잔디가 깔린 넓은 운동장을 보니 가슴이 탁 트였다. 사람들은 시계 반대 방향으로 우레탄 트랙을 따라 걸었다. 나도 그 흐름에 끼었다. 어깨를 쫙 펴고 허리를 꼿꼿이 세우고 천천히 움직였다. 트랙의 길이는 326m, 한 바퀴 도는 데 5분이 걸렸다. 세 바퀴 돌 때는 예쁜 구름도 보고 저만치 푸른 나무에 시선을 두면서 여유도 부렸다. 3분이 소요됐다. 트랙 다섯 번을 돌고 난 후, 운동기구가 있는 나무 그늘로 갔다.

사람들은 여러 운동기구를 능숙하게 다루었다. 그들을 곁눈질하며 따라했지만 쉽지는 않았다. 그런대로 남들만큼은 채운 듯했다. 아침햇살을 받으며 집으로 오는 길이 상쾌했다.

걷기 시작한 지 열흘이 되었다. 그동안 하루도 빠지지 않았다. 너무 힘이 들어 내일 아침에 장대비가 오기를 간절히 바란 날도 있었지만, 한밤중 세차게 쏟아지던 비도 아침이면 언제 그랬냐는 듯 뚝 그쳤다. 이젠 5시 10분이면 자동으로 집을 나선다. 공원의 트랙을 다섯 번 돌 때쯤 동편 나뭇잎 사이로 아침 해가 빨간 속살을 내비치고 운동기구도 그제야 제 낯을 보여준다. 허리 돌리기, 하체 흔들기 등 어제보다 몇 번 더 흔들고 매달리고 안 되던 기구도 해보며 성취감을 느낀다. 외진 느티나무 아래에서 국민체조로 아침 운동을 마무리한다.

나는 아주 작은 변화로도 성취감이 올 수 있다는 것을 알게 되었다. 또한 가까이 있는 좋은 것을 외면하고 살았던 나의 어리석음을 돌아보았다. 놓치고 사는 것이 어디 이뿐일까만.

올빼미형에서 아침형으로 바뀌면서 나의 하루 시간이 넉넉해졌다. 아침 먹고 설거지하고 마루 걸레질까지 마치면 9시다. 일찍 일어나는 새가 벌레를 많이 잡는다고 했던가. 차 한 잔 마신 후 미루었던 책을 읽는다. 봐주는 이는 없지만 스스로 뿌듯하다. 특별한 건강변화는 잘 모른다. 하지만 머리가 맑아졌고 몸이 가벼워졌으며 종아리가 단단해졌다.

나는 지금, 한해의 대단한 전환점에 서 있다. 무엇보다 그 변화를 실천하는 즐거움, 그 즐거움을 만끽하고 있다.

새끼손가락 달 6월이 가면 올해의 절반이 간다. 걸을 수 있을 때까지 열심히 걷자.

찻잔을 들고 소파에 거만하게 걸터앉아 새끼손가락을 살며시 세워본다.

물에서

여든이 넘은 나이에 동생이 생겼다. 웃는 낯에 말수가 적은 조용한 사람이다. 지난 5월, 코로나19로 닫혔던 복지관이 2년 만에 개장했다. 나는 월, 수, 금 3시 수영반에 등록했다. 거기서 그를 만났다.

수영장은 전과 달리 썰렁했다. 여섯 개의 레인 중 나는 맨 첫 레인에 입수했다. 내 또래의 여자 둘이 더 있었다. 바닥이 미끄럽다고 양말을 신은 여자와 수영장 가장자리를 붙들고 조심조심 걷는 사람이었다. '양말여사'의 잦은 결석으로 '조심여사'와 둘이서 물을 휘저었다. 나는 수영은 뒷전이고 지난 1월 골절사고로 인해 굳어진 왼쪽 손목을 물속에서 좌우상하로 흔들며 걸었다. 조심여사는 물을 무척 두려워했다. 물에 빠져도 죽지는 않는다며 조심여사의 손을 자주 잡아주면서 우리는 가까워졌다. 그는 13년간 병 수발든 영감님이 돌아가신 후 아픈 무릎을 치료하기 위해 정형외과를 찾았다가 의사가 수영과 자전거 타기를 권해서 등록했단다.

나이든 사람을 만나게 되면 대부분 이름보다 나이를 궁금해한다. 그도 예외 없이 내 나이를 물었다. 그는 자기보다 세 살이 많다며 나를 언니라고 했다. 샤워할 때면 내 등과 팔을 꼼꼼히 닦아주고 수영복 끈이 꼬이면 펴주었다. 내가 그의 등을 닦아주려고 하면 한사코 거부한다.

칠월이 되면서 수영장은 북적였다. 어린이들은 1, 2레인에서 강사의 레슨을 받고, 5, 6레인은 상급반 주부들이다. 나는 초보 팻말이 세워진 3레인에서 수영도 하고 대여섯 명과 어울려서 앞으로 뒤로 걷거나 레인 줄을 잡고 옆으로 게걸음을 했다. 우리는 25m 레인 끝에서 쉬면서 살아가는 이야기도 나누었다.

조심여사는 김천 농가에서 7남매 장녀로 태어났다. 남아를 선호하던 시절, 아들을 기대했던 아버지의 실망은 이루 말할 수가 없었는데 아기가 마침 순둥이였다. 아버지는 아들이 아니고 딸이라 분하다고 '분' 자, 아기가 순하다고 '순'을 붙여 이름을 '분순'이라고 지었다. 분순이가 건강하게 잘 자라면서 아우를 봤다. 이번에도 아버지의 실망은 컸다. 아기가 순하다고 '순', 딸은 그만 낳으라고 '단' 자를 달아 동생 이름은 '순단'이었다. '단' 자 때문인지 셋째는 아들이었다. 그제야 아버지는 아들 이름을 돌림자로 지었다. 어린 분순이는 농사로 바쁜 부모님을 대신해 동생들을 돌봐야 했다.

수영이 끝나고 그와 따끈한 수제비라도 먹고 싶었지만, 그는 옷을 입자마자 머리도 말리지 않고 아들 저녁밥을 해주러 부리나케

집으로 갔다. 가까운 여의도에서 일하는 아들은 엄마가 해준 밥을 먹고 다시 일터로 간다고 했다. 아들네 집에는 손자와 손녀가 있고, 며느리는 이태 전 암으로 돌아갔다고 하는데 마음이 아팠다. 젊을 때는 공장에서, 나이 들어서는 식당에서 일을 하며 분순 씨는 누구 못지않게 열심히 살았다.

지난 가을 어느 토요일 아침나절에 우리는 물을 떠나서 바깥나들이를 했다. 언젠가 한번 갔던 경동시장에 겸사겸사 밀차를 끌고 갔다. 한약재, 고추, 마늘, 산나물, 채소 등 다양한 종류와 적당히 시끄러운 사람 소리 나는 곳, 무질서 속에 질서가 있는 그곳을 누볐다. 노부부 둘이서 앉아 있는 노점의 텐트 바닥에 싱싱한 깻잎이 수북이 쌓여 있었다. 깻잎장아찌 담그려고 깻잎 두 관을 샀다. 영감님은 기분이 좋은지 깻잎 한 줌을 덤으로 주었다. 할머니 앞 콩나물시루에 얹은 작은 소쿠리에 대가리가 크고 길이가 짧은 샛노란 콩나물이 소복했다. 한눈에 봐도 맛있는 콩나물이었다. 한 소쿠리에 천 원 하는 콩나물을 두 소쿠리 샀다. 분순 씨는 손주들 몫으로 공주 밤 한 자루를 더 샀다. 그는 내 밀차에 실은 것을 모두 꺼낸 후, 무게가 있는 배 봉지와 밤 자루를 맨 아래에 담고 깻잎, 고추, 생강, 콩나물, 맨 위에 상추를 얹었다. 찬찬하게 짐을 정리하는 그의 손놀림이 돌아가신 우리 언니를 보는 것 같았다. 목까지 차오른 밀차를 밀면서 솥에서 갓 쪄낸 꿀맛 옥수수를 사서 호호 불어가며 먹었다. 그와 하는 시장 나들이가 어릴 적 소꿉놀이만큼이나 즐거웠다.

"원수불구근화 원친불여근린遠水不救近火 遠親不如近隣이라." 먼 곳의 물은 가까운 곳의 불을 끄지 못하고, 멀리 있는 친척은 가까운 이웃만 못하다는 뜻으로 평소 내가 눈여겨보는 말인데 그와 나의 관계를 말해주는 것 같아 더욱 귀하게 와 닿았다.

바쁜 자식들 얼굴 일주일에 한번 보고 동기간은 멀리 있지만, 일주일에 세 번 정해진 시간에 물에서 보내는 그와의 시간이 그 어떤 시간보다 즐겁다. 수영장에서 그와 만남을 즐기는 사이 어느새 해가 바뀌었다.

"언니, 나 깨금발로 저 끝까지 갔어요."

물에 젖은 밝은 얼굴이 레인 끝을 향했다. 무릎이 아파 절룩이며 한의원에서 침을 맞던 그가 이제 좋아져서 침을 맞지 않는단다. 나도 굳었던 손목과 팔꿈치, 어깨가 많이 유연해졌다. 그러고 보니 따뜻한 봄날도 머지않았다.

주어진 환경을 바꾸는 일은 쉽지 않지만 살아가는 자세는 노력 여하에 따라 좋아질 수 있다. 행복은 선한 관계에서 피어난다. 세월 따라 하나둘 내 곁을 떠나가는데, 뒤늦게 좋은 동생이 생긴 것은 행운이다. 물처럼 자유롭고 물처럼 맑은 우리의 만남이 언제까지나 물같이 흘렀으면 한다.

유문자 수필집

나를 닮은 새 한 마리

지은이_ 유문자
펴낸이_ 조현석
펴낸곳_ 북인
디자인_ 푸른영토

1판 1쇄_ 2023년 12월 20일

출판등록번호_ 313-2004-000111
주소_ 121-838 서울 마포구 서교동 460-34, 501호
전화_ 02-323-7767
팩스_ 02-323-7845

ISBN 979-11-6512-085-6 03810

책값은 뒤표지에 있습니다.
저자와 협의 아래 인지를 생략합니다.